太宰治 in 三鷹

1909-1948

1939-1948
（昭和 14 年〜昭和 23 年）

十二月八日

太宰 治

深澤紅子畫

「十二月八日」掲載『婦人公論』1942（昭和17）年2月
深澤紅子画

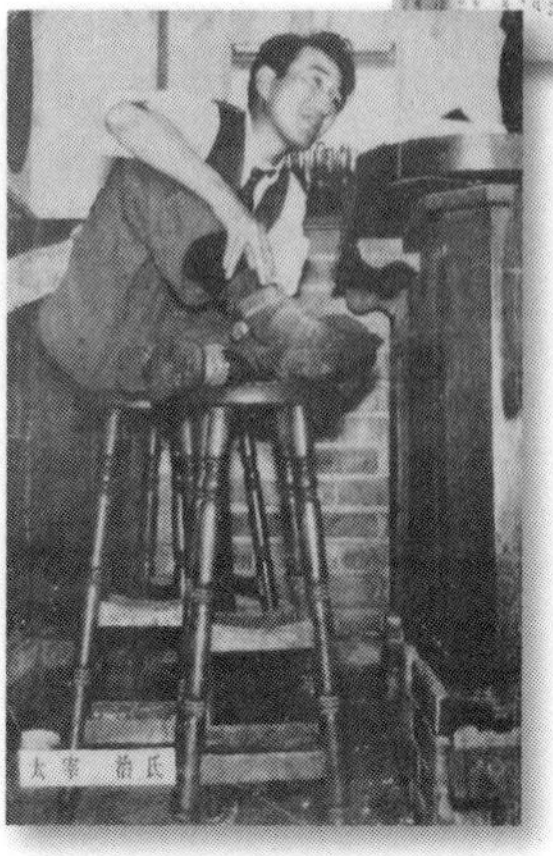

銀座のバー・ルパンでの太宰治（疎開生活から三鷹へもどった直後の1946〈昭和21〉年11月林忠彦撮影）
掲載『小説新潮』1948（昭和23）年1月

私の庭にも薔薇が在るのだ。八本である。花は、咲いていない。

「善蔵を思う」（昭和15年）

その紙に書かれてある戦地風景は、私が陋屋の机に頬杖ついて空想する風景を一歩も出ていない。

「鷗」（昭和15年）

毎日、武蔵野の夕陽は、大きい。ぶるぶる煮えたぎって落ちている。私は、夕陽の見える三畳間にあぐらをかいて、侘しい食事をしながら妻に言った。「僕は、こんな男だから出世も出来ないし、お金持にもならない。けれども、この家一つは何とかして守って行くつもりだ。」

「東京八景」（昭和16年）

私は今では、完全に民衆の中の一人である。カアキ色のズボンをはいて、開襟シャツ、三鷹の町を産業戦士のむれにまじって、少しも目立つ事もなく歩いている。

「作家の手帖」（昭和18年）

この土地は、東京の郊外には違いありませんが、でも、都心から割に近くて、さいわい戦災からものがれる事が出来ましたので、都心で焼け出された人たちは、それこそ洪水のようにこの辺にはいり込み、商店街を歩いても、行き合う人の顔触れがすっかり全部、変ってしまった感じでした。

「饗応夫人」（昭和23年）

太宰治（1909-1948）in 三鷹（1939［昭和 14］年～ 1948［昭和 23］年）

❶三鷹駅付近の陸橋（袴線橋）— 1929（昭和 4）年竣工の橋が現存—（写真①）

鉄道愛好があった太宰治は、三鷹の陸橋を好み、友人を連れてよく来ていた。

❷太宰横丁

中央通りの東側に平行した裏通りで、小料理屋「喜久屋」ほか太宰が通った飲食店が軒を並べていた。没後に、太宰横丁の愛称がつけられた。

「三鷹駅ちかくの、すし屋にはいった。酒をくれ。なんという、だらしない言葉だ。酒をくれ。なんという、陳腐な、マンネリズムだ。」（「鷗」）太宰は、人恋しさといたたまれない気持をまぎらすために街で飲んだ。

❸太宰治文学サロン（伊勢元酒店跡）

「十二月八日」には、配給の酒を隣組で「伊勢元に買いに行く」場面がある。店の跡地にビルが建設されたのを機に、太宰治没後 60 年・生誕 100 年記念事業として、三鷹市が同文学サロンを開設した。本町通りがさくら通りに行きあたるところで、太宰の行動半径の中心的な場所だった。（三鷹市下連雀 3-16-14）

❹「乞食学生」碑（玉川上水沿いの風の散歩道ポケットスペース）（写真④）

「乞食学生」「黄村先生言行録」「花吹雪」などは、街歩きの小説とでもいうべき作品である。その土地にゆかりのある逸話をさまざまに取り込みながら、自在に小説が展開されている。

❺玉鹿石（写真⑤）

平成 8 年、青森県北津軽郡金木町より石を運び、この付近で入水した太宰治鎮魂のための碑とした。

❻三鷹市山本有三記念館

太宰治が三鷹に入居する 3 年前より、作家として大先輩の山本有三が洋館に住んでいた。太宰旧宅から徒歩数分の玉川上水沿いにあり、現在は山本有三記念館となっている。（三鷹市下連雀 2-12-27）

❼太宰が愛した百日紅（さるすべり）（写真⑦）

三鷹市の文化施設井心亭（せいしんてい）の庭に、太宰旧宅の玄関前より百日紅が移植されている。（三鷹市下連雀 2-10-48）

「おさん」には、「玄関の前の百日紅」とある。平均的な借家だった自宅を、小説の中に書くことはしばしばだった。「東京郊外の三鷹町に、六畳、四畳半、三畳の家を借り、神妙に小説を書いて、二年後には女の子が生まれた。」（「帰去来」）

❽玉川上水

かつては、水量が多く都市部へ水を運ぶ水道だった。「乞食学生」では、玉川上水を、「川幅は、こんなに狭いが、ひどく深く、流れの力も強い」「人喰い川」と書く。「新ハムレット」では、「川幅は狭いけれど、ちょっと深い」「小川」が登場し、王妃が入水する。

❾万助橋 / 松本訓導殉難の碑（大正 9 年建立 碑の場所は武蔵野市）（写真⑨）

「万助橋を過ぎ、もう、ここは井の頭公園の裏である。…（中略）…この辺で、むかし松本訓導という優しい先生が、教え子を救おうとして、かえって自分が溺死なされた。」（「乞食学生」）

❿禅林寺 森鷗外遺言碑（昭和 44 年建立）（写真⑩）

「花吹雪」では、「ここの墓地は清潔で、鷗外の文章の片影がある。私の汚い骨も、こんな小綺麗な墓地の片隅に埋められたら、死後の救いがあるかも知れないと、ひそかに甘い空想をした日も無いではなかったが、今はもう、気持が畏縮してしまって、そんな空想など雲散霧消した。」など、文人にして武人だった鷗外を畏敬しながら書く。この文章がもとで、太宰の墓は鷗外墓の向かい側に建てられることとなった。

⓫八幡大神社（写真⑪）

禅林寺に隣接した八幡大神社には、皇紀二千六百年（昭和 15 年）を祝って建てられた鳥居などもある。「十二月八日」では、この祝いをふまえて、百年後の祝いが話題にされている。

①

⑤

④

JR中央線
三鷹駅
吉祥寺駅
三鷹橋
本町通り
三鷹通り
中央通り
むらさき橋
玉川上水
井の頭公園
京王井の頭線
太宰治文学サロン
さくら通り
山本有三記念館
万助橋
ほたる橋
いずみ通り
八幡大神社
禅林寺
太宰宅跡
幸橋
新橋
仲町通り
芸術文化センター
連雀通り
まつかげ橋
井の頭橋
吉祥寺通り
山中通り
三鷹市立図書館
人見街道
◎三鷹市役所
⑨
⑪
⑦

⑩

（禅林寺山門）

生誕100年記念

三鷹という街を書く太宰治「陋屋の机に頰杖ついて」

（Dioの会編／編集協力：品川洋子）

第一章　作品より「陋屋の机に頬杖ついて」

辻音楽師の王国

Kamome

鷗

——ひそひそ聞える。なんだか聞える。

鷗というのは、あいつは、唖《おし》の鳥なんだってね、と言うと、たいていの人は、おや、そうですか、そうかも知れませんね、と平気で首肯するので、かえってこっちが狼狽《ろうばい》して、いやまあ、なんだか、そんな気がするじゃないか、と自身の出鱈目《でたらめ》を白状しなければならなくなる。唖は、悲しいものである。私は、ときどき自身に、唖の鷗を感じることがある。

いいとしをして、それでも淋しさに、昼ごろ、ふらと外へ出て、さて何のあても無し、路の石塊を一つ蹴ってころころ転がし、また歩いていって、そいつをそっと蹴ってころころ転がし、ふと気がつくと、二、三丁ひとつの石塊を蹴っては追って、追いついては、また蹴って転がし、両手を帯のあいだにはさんで、白痴の如く歩いているのだ。私は、やはり病人なのであろうか。私は、間違っているのであろうか。私は、小説というものを、思いちがいしているのかも知れない。よいしょ、と小さい声で言ってみて、路のまんなかの水たまりを飛び越す。水たまりには秋の青空が写って、白い雲がゆるやかに流れている。水たまり、きれいだなあと思う。ほっと重荷がおりて笑いたくなり、この小さい《ママ》水たまりの在るうちは、私の芸術も抛りどころが在る。この水たまりを忘れずに置こう。

私は醜態の男である。なんの指針をも持っていない様子である。私は波の動くがままに、右にゆらり左にゆらり無力に漂う、あの、「群集」の中の一人に過ぎないのではなかろうか。そうして私はいま、なんだか、おそろしい速度の列車に乗せられているようだ。この列車は、どこに行くのか、私は知らない。まだ、教えられていないのだ。汽車は走る。轟々《ごうごう》の音をたてて走る。イマハ山中《ヤマナカ》、イマハ浜《ハマ》、イマハ鉄橋、ワタルゾト思ウ間モナクトンネルノ、闇ヲトオッテ広野《ヒロノ》ハラ、どんどん過ぎて、ああ、過ぎて行く。私は呆然と窓外の飛んで飛び去る風景を迎送している。指で窓ガラスに、人の横顔を落書して、やがて拭き消す。日が暮れて、車室の暗い豆電燈が、ぼっと灯《とも》る。私は配給のまずしい弁当をひらいて、ぼそぼそたべる。佃煮《つくだに》わびしく、それでも一粒もあますところ無くたべて、九銭のバットを吸う。夜がふけて、寝なければならぬ。私は、寝る。枕の下に、すさまじい車輪疾駆《しっく》の叫喚《きょうかん》。けれども、私は眠らなければならぬ。眼をつぶる。イマハ山中、イマハ浜、――童女があわれな声で、それを歌っているのが、車輪の怒号の奥底から聞えて来るのである。

祖国を愛する情熱、それを持っていない人があろうか。けれども、私には言えないのだ。それを、大きい声で、おくめんも無く語るという業《わざ》が、できぬのだ。出征の兵隊さんを、人ごみの陰から、こっそり覗いて、ただ、めそめそ泣いていたこともある。私は丙種である。劣等の体格を持って生れた。鉄棒にぶらさがっても、そのまま、ただぶらんとさがっているだけで、なんの曲芸も動作もできない。ラジオ体操さえ、私には満足にできないのである。劣等なのは、体格だけでは無い。精神が薄弱である。だめなのである。私には、人を指導する力が無い。誰にも負けぬくらいに祖国を、こっそり愛しているらしいのだが、私には何も言えない。なんだか、のどまで出かかっている、ほんとうの愛の宣言が私にも在るような気がするのであるが、言えない。言わないのではない。のどまで出かかっているような気がするのだが、なんとしても出て来ない。知っていながら、言わないのではない。それはほんとうにいい言葉のような気もするのであるが、そうして私も今その言葉を、はっきり摑《つか》みたいのであるが、あせると尚さら、その言葉が、するりするりと逃げ廻る。私は赤面して、無能者の如く、ぼんやり立ったままである。一片の愛国の詩も書けぬ。なんにも書けぬ。ある日、思いを込めて吐いた言葉は、なんたるぶざま、「死のう！　バンザイ。」ただ死んでみせるより他に、忠誠の方法を知らぬ私は、やはり田舎くさい馬鹿である。

私は、矮小《わいしょう》無力の市民である。まずしい慰問袋を作り、妻にそれを持たせて郵便局に行かせる。戦線から、ていねいな受取通知が来る。私はそれを読み、顔から火の発する思いである。恥ずかしさ。文字《もじ》のとおりに「恐縮」である。私には、何もできぬのだ。私には、何一つ毅然《きぜん》たる言葉が無いのだ。祖国愛の、おくめんも無き宣言が、なぜだか、私には、できぬのだ。こっそり戦線の友人たちに、卑屈な手紙を書いているだけなのである。（私は、いま何もかも正直に言ってしまおうと思っている。）私の慰問の手紙は、実に、下手くそなのである。嘘ばかり書いている。自分ながら呆《あき》れるほど、歯の浮くような、いやらしいお世辞なども書くのである。どうしてだろう。なぜ私は、こんなに、戦線の人に対して卑屈になるのだろう。私だって、いのちをこめて、いい芸術を残そうと努めている筈《はず》では無かったか。そのたった一つの、ささやかな誇りをさえ、私は捨てようとしている。戦線からも、小説の原稿が送られて来る。雑誌社へ紹介せよ、というのである。その原稿は、洋箋《ようせん》に、米つぶくらいの小さい字で、くしゃくしゃに書かれて在るもので、ずいぶん長いものもあれば、洋箋二枚くらいの短篇もある。私は、それを真剣に読む。よくないのである。その紙に書かれてある戦地風景は、私が陋屋《ろうおく》の机に頬杖《ほおづえ》ついて空想する風景を一歩も出ていない。新しい感動の発見が、その原稿の、どこにも無い。「感激を覚えた。」とは、書いてあるが、その感激は、ありきたりの悪い文学に教えこまれ、こんなところで、こんな工合に感激すれば、いかにも小説らしくなる、「まとまる」と、いい加減に心得て、浅薄に感激している性質のものばかりなのである。私は、兵隊さんの泥《どろ》と汗と血の労苦を、ただ思うだけでも、肉体的に充分にそれを感取できるし、こちらが、何も、ものが言えなくなるほど崇敬している。崇敬という言葉さえ、しらじらしいのである。言えなくなるのだ。何も、言葉が無くなるのだ。私は、ただしゃがんで指でもって砂の上に文字を書いては消し、書いては消し、しているばかりなのだ。何も言えない。何も書けない。けれども、芸術に於《お》いては、ちがうのだ。歯が、ぼろぼろに欠け、背中《せなか》は曲り、ぜんそくに苦しみながらも、小暗い露路で、一生懸命ヴァイオリンを奏している、かの見るかげもない老爺《ろうや》の辻《つじ》音楽師を、諸君は、笑うことができるであろうか。私は、自身を、それに近いと思っている。社会的には、もう最初から私は敗残しているのである。けれども、芸術。それを言うのも亦《また》、実に、てれくさくて、かなわぬのだが、私は痴《こけ》の一念で、そいつを究明しようと思う。男子一生の業として、足りる、と私は思っている。辻音楽師には、辻音楽師の王国が在るのだ。私は、兵隊さんの書いたいくつかの小説を読んで、いけないと思った。その原稿に対しての、私の期待が大きすぎるのかも知れないが、私は戦線に、私たち丙種のものには、それこそ逆立《さかだ》ちしたって思いつかない全然新らしい感動と思索が在るのではないかと思っているのだ。茫洋《ぼうよう》とした大きなもの。神を眼のまえに見るほどの永遠の戦慄《せんりつ》と感動。私は、それを知らせてもらいたいのだ。大げさな身振りでなくともよい。身振りは、小さいほどよい。花一輪に託して、自己のいつわらぬ感激と祈りとを述べるがよい。きっと在るのだ。全然新しいものが、そこに在るのだ。私は、誇りを以《もっ》て言うが、それは、私の芸術家としての小さな勘《かん》でもって、わかっているのだ。でも、私には、それを具体的には言えない。私は、戦線を知らないのだから。自己の経験もせぬ生活感情を、あてずっぽうで、まことしやかに書くほど、それほど私は不遜《ふそん》な人間ではない。いや、いや、才能が無いのかも知れぬ。自身、手さぐって得たところのものでなければ、絶対に書けない。確信の在る小さい世界だけを、私は踏み固めて行くより仕方がない。私は、自身の「ぶん」を知っている。戦線のことは、戦線の人に全部を依頼するより他は無いのだ。

私は、兵隊さんの小説を読む。くやしいことには、よくないのだ。ご自分の見たところの物を語らず、ご自分の曾つて読んだ悪文学から教えられた言葉でもって、戦争を物語っている。戦争を知らぬ人が戦争を語り、そうしてそれが内地でばかな喝采《かっさい》を受けているので、戦争を、ちゃんと知っている兵隊さんたちまで、そのスタイルの模倣をしている。戦争を知らぬ人は、戦争を書くな。要らないおせっかいは、やめろ。かえって邪魔になるだけではないのか。私は兵隊さんの小説を読んで、内地の「戦争を望遠鏡で見ただけで戦争を書いている人たち」に、がまんならぬ憎悪を感じた。君たちの、いい気な文学が、無垢《むく》な兵隊さんたちの、「ものを見る眼」を破壊させた。これは、内地の文学者たちだけに言える言葉であって、戦地の兵隊さんには、何も言えない。くたくたに疲れて、小閑を得たとき、蠟燭《ろうそく》の灯の下で懸命に書いたのだろう。それを思えば、芸術がどうのこうのと自分の美学を展開するどころでは無い。原稿に添えて在るお手紙には、明日知れぬいのちゆえ、どうか、よろしくたのみます、と書いているのだ。私は、その小説を、失礼だが、（私には、その資格がないのだが）少し細工する。そうして妻に言いつけて、そのくしゃくしゃの洋箋の文字を、四百字詰の原稿用紙に書き写させる。三十何枚、というのが、一ばん長かった。私は、それを、ほうぼうの職業雑誌に、たのむのである。「割に素直に書かれて在ると思いますから、いい作品だと思いますから、どうかよろしくお願いいたします。私みたいな、不徳の者が、兵隊さんの原稿を持ち込みするということに、唐突の思いをなされるかも知れませんが、けれども人間の真情はまた、おのずから別のもので、私だって、」と書きかけて、つい、つまずいてしまうのだ。何が「私だって」だ。嘘も、いい加減にしろ。おまえは、いま、人間の屑、ということになっているのだぞ。知らないのか。

私は、それを知っている。いやになるほど、知らされている。それだからこそ、つい、つまずいてしまうのだ。私は、五年まえに、半狂乱の一期間を持ったことがある。病気がなおって病院を出たら、私は焼野原にひとりぽつんと立っていた。何も無いのだ。文字どおり着のみ着のままである。在るものは、不義理な借財だけである。かみなりに家を焼かれて瓜《うり》の花。そんな古人の句の酸鼻《さんび》が、胸に焦げつくほどわかるのだ。私は、人間の資格をさえ、剝奪《はくだつ》されていたのである。

私は、いま、事実を誇張して書いてはいけない。充分に気をつけて書いているのであるから、読者も私を信用していいと思う。れいのひとりよがりの誇張法か、と鼻であしらわれるのが、何より、いやだ。当時、私は、人から全然、相手にされなかった。何を言っても、人は、へんな眼つきをして、私の顔をそっと盗み見て、そうして相手にしないのだ。私についての様々の伝説が、ポンチ画が、さかしげな軽《けい》侮《ぶ》の笑いを以て、それからそれと語り継がれていたようであるが、私は当時は何も知らず、ただ、街頭をうろうろしていた。一年、二年経つうちに、愚鈍の私にも、少しずつ事の真相が、わかって来た。人の噂に依れば、私は完全に狂人だったのである。しかも、生れたときからの狂人だったのである。それを知って、私は爾来《じらい》、唖になった。人と逢いたくなくなった。何も言いたくなくなった。何を人から言われても、外面ただ、にこにこ笑っていることにしたのである。

私は、やさしくなってしまった。

あれから、もう五年経った。そうして今でもなお私は、半きちがいと思われているようだ。私の名前と、そうしてその名前にからまる伝説だけを聞き、私といちども逢ったことの無い人が、何かの会で、私の顔を、気味わるそうに、また不思議なものを見るような、なんとも言えない失敬な視線で、ちらちら観察しているのを、私はちゃんと知っている。私が厠《かわや》に立つと、すぐその背後で、「なんだ、太宰って、そんな変ったやつでも無いじゃないか。」と大声で言うのが、私の耳にも、ちらとはいることがあった。私は、そのたびごとに、へんな気がする。私は、もう、とうから死んでいるのに、おまえたちは、気がつかないのだ。たましいだけが、どうにか生きて。

私は、いま人では無い。芸術家という、一種奇妙な動物である。この死んだ屍《むくろ》を、六十歳まで支え持ってやって、大作家というものをお目にかけて上げようと思っている。その死骸が書いた文章の、秘密を究明しようたって、それは無駄だ。その亡霊が書いた文章の真似をしようたって、それもかなわぬ。やめたほうがいい。にこにこ笑っている私を、太宰ぼけたな、と囁《ささや》いている友人もあるようだ。それは間違いないのだ、呆けたのだ、けれども、——と言いかけて、あとは言わぬ。ただ、これだけは信じたまえ。「私は君を、裏切ることは無い。」

エゴが喪失してしまっているのだ。それから、――と言いかけて、これも言いたくなし。もう一つ言える。私を信じないやつは、ばかだ。

さて、兵隊さんの原稿の話であるが、私は、てれくさいのを堪《こら》えて、編輯者にお願いする。ときたま、載せてもらえることがある。その雑誌の広告が新聞に出て、その兵隊さんの名前も、立派な小説家の名前とならんでいるのを見たときは、私は、六年まえ、はじめて或る文芸雑誌に私の小品が発表された、そのときの二倍くらい、うれしかった。ありがたいと思った。早速、編輯者へ、千万遍のお礼を述べる。新聞の広告を切り抜いて戦線へ送る。お役に立った。これが私に、できる精一ぱいの奉公だ。戦線からも、ばんざいであります、という無邪気なお手紙が来る。しばらくして、その兵隊さんの留守宅の奥さんからも、もったいない言葉の手紙が来る。銃後奉公。どうだ。これでも私はデカダンか。これでも私は、悪徳者か。どうだ。

しかし、私はそれを誰にも言えぬ。考えてみると、それは婦女子の為すべき奉公で、別段誇るべきほどのことでも無かった。私はやっぱり阿呆《あほう》みたいに、時流にうとい様子の、謂わば「遊戯文学」を書いている。私は、「ぶん」を知っている。私は、矮小の市民である。時流に対して、なんの号令も、できないのである。さすがにそれが、ときどき侘《わ》びしくふらと家を出て、石を蹴り蹴り路を歩いて、私は、やはり病気なのであろうか。私は小説というものを間違って考えているのであろうか、と思案にくれて、いや、そうで無いと打ち消してみても、さて、自分に自信をつける特筆大書の想念が浮ばぬ。確乎《かっこ》たる言葉が無いのだ。のどまで出かかっているような気がしながら、なんだか、わからぬ。私は漂泊の民である。波のまにまに流れ動いて、そうしていつも孤独である。よいしょと、水たまりを飛び越して、ほっとする。水たまりには秋の空が写って、雲が流れる。なんだか、悲しく、ほっとする。私は、家に引き返す。

家へ帰ると、雑誌社の人が来て待っていた。このごろ、ときどき雑誌社の人や、新聞社の人が、私の様子を見舞いに来る。私の家は三鷹《みたか》の奥の、ずっと奥の、畑の中に在るのであるが、ほとんど一日がかりで私の陋屋《ろうおく》を捜しまわり、やあ、ずいぶん遠いのですね、と汗を拭きながら訪ねて来る。私は不流行の、無名作家なのだから、その都度たいへん恐縮する。

「病気は、もう、いいのですか?」必ず、まず、そうきかれる。私は馴《な》れているので、

「ええ、ふつうの人より丈夫です。」

「どんな工合だったんですか?」

「五年まえのことです。」と答えて、すましている。きちがいでした、などとは答えたくない。

「噂では、」と向うのほうから、白状する。「ずいぶん、ひどかったように聞いていますが。」

「酒を呑《の》んでいるうちに、なおりました。」

「それは、へんですね。」

「どうしたのでしょうね。」主人も、客と一緒に不思議がっている。「なおっていないのかも知れませんけれど、まあ、なおったことにしているのです。際限がないですものね。」

「酒は、たくさん呑みますか?」

「ふつうの人くらいは呑みます。」

その辺の応答までは、まず上出来の部類なのであるが、あと、だんだんいけなくなる。しどろもどろ

になるのである。

「どう思います、このごろの他の人の小説を、どう思います。」と問われて、私は、ひどくまごつく。敢然たる言葉を私は、何も持っていないのだ。

「そうですねえ。あんまり読んでいないのですが、何か、いいのがありますか？　読めば、たいてい感心するのですが、とにかく、皆よく、さっさと書けるものだと、不思議な気さえするのです。皮肉じゃ無いんです。からだが丈夫なのでしょうかね。実に、皆、すらすら書いています。」

「Aさんの、あれ読みましたか。」

「ええ、雑誌をいただいたので読みました。」

「あれは、ひどいじゃないか。」

「そうかなあ。僕には面白かったんですが。もっと、ひどい作品だって、たくさんあるんじゃ無いですか？　何も、あれを殊更《ことさら》に非難するては無いと思うんですが。どんな、ものでしょう。何せ、僕は、よく知らんので。」私の答弁は、狡猾《こうかつ》の心から、こんなに煮え切らないのでは無くて、むしろ、卑屈の心から、こんなに、不明瞭になってしまうのである。皆、私より偉いような気がしているし、とにかく誰でも一生懸命、精一ぱいで生きているのが判っているし、私は何も言えなくなるのだ。

「Bさんを知っていますか？」

「ええ、知っています。」

「こんど、あのひとに小説を書いていただくことになっていますが。」

「ああ、それは、いいですね。Bさんは、とてもいい人です。ぜひ書いてもらいなさい。きっと、いま素晴しいのが書けると思います。Bさんには、以前、僕もお世話になったことがあります。」お金を借りているのだ。

「あなたは、どうです。書けますか?」

「僕は、だめです。まるっきり、だめです。下手くそなんですね。恋愛を物語りながら、つい演説口調になったりなんかして、ひとりで呆れて笑ってしまうことがあります。」

「そんなことは無いだろう。あなたは、これまで、若いジェネレエションのトップを切っていたのでしょう?」

「冗談じゃない。このごろは、まるで、ファウストですよ。あの老博士の書斎での呟《つぶや》きが、よくわかるようになりました。ひどく、ふけちゃったんですね。ナポレオンが三十すぎたらもう、わが余生は、などと言っていたそうですが、あれが判って、可笑《おか》しくて仕様が無い。」

「余生ということを、あなた自身に感じるのですか?」

「僕は、ナポレオンじゃ無いし、そんな、まさか、そんな、まるで違うのですが、でも、ふっと余生を感じることがありますね。僕は、まさか、ファウスト博士みたいに、まさか、万巻の書を読んだわけでは無いんですが、でも、あれに似た虚無を、ふっと感じることがあるんですね。」ひどくしどろもどろになって来た。

「そんなことじゃ、仕様が無いじゃないですか。あなたは、失礼ですけど、おいくつですか。」

「僕は、三十一です。」

「それじゃ、Cさんより一つ若い。Cさんは、いつ逢っても元気ですよ。文学論でもなんでも、実に、てきぱき言います。あの人の眼は、実にいい。」

「そうですね。Cさんは、僕の高等学校の先輩ですが、いつも、うるんだ情熱的な眼をしていますね。あの人も、これからどんどん書きまくるでしょう。僕は、あの人を好きですよ。」そのCさんにも、私は五年前、たいへんな迷惑をかけている。

「あなたは一体、」と客も私の煮え切らなさに腹が立って来た様子で語調を改め、「小説を書くに当ってどんな信条を持っているのですか。たとえば、ヒュウマニティだとか、愛だとか、社会正義だとか、美だとか、そんなもの、文壇に出てから、現在まで、またこれからも持ちつづけて行くだろうと思われるもの、何か一つでもありますか。」

「あります。悔恨《かいこん》です。」こんどは、打てば響くの快調を以て、即座に応答することができた。「悔恨の無い文学は、屁《へ》のかっぱです。悔恨、告白、反省、そんなものから、近代文学が、いや、近代精神が生れた筈《はず》なんですね。だから、――」また、どもってしまった。

「なるほど、」と相手も乗り出して来て、「そんな潮流が、いま文壇に無くなってしまったのですね。それじゃ、あなたは梶井《かじい》基次郎などを好きでしょうね。」

「このごろ、どうしてだか、いよいよ懐かしくなって来ました。僕は、古いのかも知れませんね。僕は、ちっとも自分の心を誇っていません。誇るどころか、実に、いやらしいものだと恥じています。宿業《しゅくごう》という言葉は、どういう意味だか、よく知りませんけれど、でもそれに近いものを自身に感じています。罪の子、というと、へんに牧師さんくさくなって、いけませんが、なんといったらいいのかなあ、おれは悪い事を、いつかやらかした、おれは、汚ねえ奴《やつ》だという意識ですね。その意識を、どうしても消すことができないので、僕は、いつでも卑屈なんです。どうも、自分でも、閉口なのですが、――でも、」言いかけて、またもや、つまずいてしまった。聖書のことを言おうと思ったのだ。私は、あれで救われたことがある、と言おうと思ったのだが、どうもてれくさくて、言えない。いのちは糧《かて》にまさり、からだは衣《ころも》に勝るならずや。空飛ぶ鳥を見よ、播《ま》かず、刈らず、倉に収めず。野の百合《ゆり》は如何《いか》にして育つかを思え、労せず、紡《つむ》がざるなり、されど栄華を極めしソロモンだに、その服装《よそおい》この花の一つにも如《し》かざりき。きょうありて明日、炉に投げ入れらるる野の草をも、神はかく装い給えば、まして汝《なんじ》らをや。汝ら、之《これ》よりも遥かに優《すぐ》るる者ならずや。というキリストの慰めが、私に、「ポオズでなく」生きる力を与えてくれたことが、あったのだ。けれども、いまは、どうにも、てれくさくて言えない。信仰というものは、黙ってこっそり持っているのが、ほんとうで無いのか。どうも、私は、「信仰」という言葉さえ言い出しにくい。

それから、いろいろとまた、別の話もしたが、来客は、私の思想の歯切れの悪さに、たいへん失望した様子でそろそろ帰り仕度をはじめた。私は、心からお気の毒に感じた。何か、すっきりしたいい言葉が無いものかなあ、と思案に暮れるのだが、何も無い。私は、やはり、ぼんやり間抜顔《まぬけがお》である。きっと私を、いま少し出世させてやろうと思って、私の様子を見に来てくれたのにちがいないと、その来客の厚志が、よくわかっているだけに、なおさら、自身のぶざまが、やり切れない。お客が帰って、私は机の前に呆然《ぼうぜん》と坐《すわ》って、暮れかけている武蔵野の畑を眺めた。別段、あらたまった感慨もない。ただ、やり切れなく侘《わ》びしい。

なんじを訴うる者と共に途《みち》に在《あ》るうちに、早く和解せよ。恐らくは、訴うる者なんじを審判《さばき》人《びと》にわたし、審判人は下役《したやく》にわたし、遂《つい》になんじは獄《ひとや》に入れられん。誠に、なんじに告ぐ、一厘《いちりん》も残りなく償わずば、其処《そこ》を出ずること能《あた》わじ。（マタイ五の二十五、六）こりゃあ、おれにも、もういちど地獄が来るのかな？　と、ふと思う。おそろしく底から、ごうと地鳴《じなり》が聞えるような不安である。私だけであろうか。

「おい、お金をくれ。いくらある？」

「さあ、四、五円はございましょう。」

「使ってもいいか。」

「ええ、少しは残して下さいね。」

「わかってる。九時ごろ迄《まで》には帰る。」

私は妻から財布を受け取って、外へ出る。もう暮れている。霧が薄くかかっている。

三鷹駅ちかくの、すし屋にはいった。酒をくれ。なんという、だらしない言葉だ。酒をくれ。なんという、陳腐《ちんぷ》な、マンネリズムだ。私は、これまで、この言葉を、いったい何百回、何千回、繰りかえしたことであろう。無智な不潔な言葉である。いまの時勢に、くるしいなんて言って、酒をくらって、あっぱれ深刻ぶって、いい気になっている青年が、もし在ったとしたなら、私は、そいつを、ぶん殴《なぐ》る。躊躇《ちゅうちょ》せず、ぶん殴る。けれども、いまの私は、その青年と、どこが違うか。同じじゃないか。としをとっているだけに、尚さら不潔だ。いい気なもんだ。

私は、まじめな顔をして酒を呑む。私はこれまで、何千升、何万升、の酒を呑んだことか。いやだ、いやだ、と思いつつ呑んでいる。私は酒がきらいなのだ。いちどだって、うまい、と思って呑んだことが無い。にがいものだ。呑みたくないのだ。よしたいのだ。私は飲酒というものを、罪悪であると思っている。悪徳にきまっている。けれども、酒は私を助けた。私は、それを忘れていない。私は悪徳のかたまりであるから、つまり、毒を以《もっ》て毒を制すというかたちになるのかも知れない。酒は、私の発狂を制止してくれた。私の自殺を回避させてくれた。私は酒を呑んで、少し自分の思いを、ごまかしてからでなければ、友人とでも、ろくに話のできないほど、それほど卑屈な、弱者なのだ。

少し酔って来た。すし屋の女中さんは、ことし二十七歳である。いちど結婚して破れて、ここで働いているという。

「だんな、」と私を呼んで、テエブルに近寄って来た。まじめな顔をしている。「へんな事を言うようですけれど、」と言いかけて帳場のほうを、ひょいと振りむいて覗《のぞ》き、それから声を低めて、「あのう、だんなのお知合いの人で、私みたいのを、もらって下さるようなかた無いでしょうか。」

私は女中さんの顔を見直した。女中さんは、にこりともせず、やはり、まじめな顔をしている。もとからちゃんとしたまじめな女中さんだったし、まさか、私をからかっているのでもなかろう。

「さあ、」私も、まじめに考えないわけにいかなくなった。「無いこともないだろうけど、僕なんかにそんなことたのんだって、仕様がないですよ。」

「ええ、でも、心易《こころやす》いお客さん皆に、たのんで置こうと思って。」

「へんだね。」私は少し笑ってしまった。

女中さんも、片頬《かたほお》を微笑でゆがめて、

「だんだん、としとるばかりですし、ね。私は初めてじゃないのですから、少しおじいさんでも、かまわないのです。そんないいところなぞ望んでいませんから。」

「でも、僕は心当りないですよ。」

「ええ、そんなに急ぐのでないから、心掛けて置いて下さいまし。あのう、私、名刺があるんですけれど、」袂《たもと》から、そそくさと小さい名刺を出した。「裏に、ここの住所も書いて置きましたから、もし、適当のかたが見つかったら、ごめんどうでも、ハガキか何かで、ちょっと教えて下さいまし。ほんとうに、ごめいわくさまです。子供が幾人あっても、私のほうは、かまいませんから。ほんとうに。」

私は黙って名刺を受け取り、袂にいれた。

「探してみますけれど、約束はできませんよ。お勘定をねがいます。」

そのすし屋を出て、家へ帰る途々《みちみち》、頗《すこぶ》るへんな気持ちであった。現代の風潮の一端を見た、と思った。しらじらしいほど、まじめな世紀である。押すことも引くこともできない。家へ帰り、私は再び唖である。黙って妻に、いくぶん軽くなった財布を手渡し、何か言おうとしても、言葉が出ない。お茶漬をたべて、夕刊を読んだ。汽車が走る。イマハ山中《ヤマナカ》、イマハ浜《ハマ》、イマハ鉄橋ワタルゾト思ウマモナク、――

その童女の歌が、あわれに聞える。

「おい、炭は大丈夫かね。無くなるという話だが。」

「大丈夫でしょう。新聞が騒ぐだけですよ。そのときは、そのときで、どうにかなりますよ。」

「そうかね。ふとんをしいてくれ。今晩は、仕事は休みだ。」

もう酔いがさめている。酔いがさめると、私は、いつも、なかなか寝つかれない性分なのだ。どさんと大袈裟《おおげさ》に音たてて寝て、また夕刊を読む。ふっと夕刊一ぱいに無数の卑屈な笑顔があらわれ、はっと思う間に消え失せた。みんな、卑屈なのかなあ、と思う。誰にも自信が無いのかなあ、と思う。夕刊を投げ出して、両方の手で眼玉を押しつぶすほどに強くぎゅっとおさえる。しばらく、こうしているうちに、眠たくなって来るような迷信が私にあるのだ。けさの水たまりを思い出す。あの水たまりの在るうちは、――と思う。むりにも自分にそう思い込ませる。やはり私は辻音楽師だ。ぶざまでも、私は私のヴァイオリンを続けて奏するより他はないのかも知れぬ。汽車の行方《ゆくえ》は、志士にまかせよ。「待つ」という言葉が、いきなり特筆大書で、額《ひたい》に光った。何を待つやら。私は知らぬ。けれども、これは尊い言葉だ。唖の鷗は、沖をさまよい、そう思いつつ、けれども無言で、さまよいつづける。

乞食学生（抜粋）

大貧に、大正義、望むべからず。——フランソワ・ヴィヨン

第一回

一つの作品を、ひどく恥ずかしく思いながらも、この世の中に生きてゆく義務として、雑誌社に送ってしまった後の、作家の苦悶に就いては、聡明な諸君にも、あまり、おわかりになっていない筈である。その原稿在中の重い封筒を、うむと決意して、投函する。ポストの底に、ことり、と幽《かす》かな音がする。それっきりである。まずい作品であったのだ。表面は、どうにか気取って正直の身振りを示しながらも、その底には卑屈な妥協の汚い虫が、うじゃうじゃ住んでいるのが自分にもよく判って、やりきれない作品であったのだ。それに、あの、甘ったれた、女の描写。わあと叫んで、そこらをくるくると走り狂いたいほど、恥ずかしい。下手くそなのだ。私には、まるで作家の資格が無いのだ。無智なのだ。私には、深い思索が何も無い。ひらめく直感が何も無い。十九世紀の、巴里の文人たちの間に、愚鈍の作家を

「天候居士《てんこうこじ》」と呼んで唾棄《だき》する習慣が在ったという。その気の毒な、愚かな作家は、私同様に、サロンに於て気のきいた会話が何一つ出来ず、ただ、ひたすらに、昨今の天候に就いてのみ語っている、という意味なのであろうが、いかさま、頭のわるい愚物の話題は、精一ぱいのところで、そんなものらしい。何も言えない。私の、たったいま投函したばかりの作品も、まず、そんなところだ。昨日雪降る。実に、どうにも、驚きました。どうにも、その、驚いたです。雨戸をあけたら、こう、その、まあ一種の、銀世界、とでも、等と汗を拭き拭き申し上げるのであるが、一種も二種もない、実に、愚劣な意見である。どもってばかりいて、颯爽《さっそう》たる断案が何一つ、出て来ない。私とて、恥を知る男子である。ままになる事なら、その下手くその作品を破り捨て、飄然《ひょうぜん》どこか山の中にでも雲隠れしたいものだ、と思うのである。けれども、小心卑屈の私には、それが出来ない。きょう、この作品を雑誌社に送らなければ、私は編輯者に嘘をついたことになる。私は、きょうまでには必ずお送り致します、といやに明確にお約束してしまっているのである。編輯者は、私のこんな下手な作品に対しても、わざわざペェジを空けて置いて、今か今かと、その到来を待ってくれているのである。私はそれを知っているので、いかに愚劣な作品と雖《いえど》も、みだりにそれを破棄することが出来ない。義務の遂行と言えば、聞えもいいが、そうではない。小心非力の私は、ただ唯、編輯者の腕力を恐れているのである。約束を破ったからには、私は、ぶん殴られても仕方が無いのだと思えば、生きた心地もせず、もはや芸術家としての誇りも何もふっ飛んで、目をつぶって、その醜態の作品を投函してしまうのである。よほど意気地の無い男である。投函してしまえば、それっきりである。いかに悔いても、及ばない。原稿は、そのまますするすると編輯者の机上に送り込まれ、それを素早く一読した編輯者を、だいいちばんに失望させ、とにかく印刷所へ送られる。印刷所では、鷹のような眼をした熟練工が、なんの表情も無く、さっさと拙稿の活字を拾う。あの眼が、こわい。なんて下手くそな文章だ。嘘字だらけじゃないか、と思っているに違いない。ああ、印刷所では、私の無智の作品は、使い走りの小僧にまで、せせら笑われているのだ。ついに貴重な紙を、どっさり汚して印刷され、私の愚作は天が下かくれも無きものとして店頭にさらされる。批評家は之を読んで嘲笑し、読者は呆れる。愚作家その襤褸《らんる》の上に、更に一篇の醜作を付加し得た、というわけである。へまより出でて、へまに入るとは、まさに之の謂《い》いである。一つとしてよいところが無い。それを知っていながら、私は編輯者の腕力を恐れるあまりに、わななきつつ原稿在中の重い封筒を、うむと決意して、投函するのだ。ポストの底に、ことり、と幽かな音がする。それっきりである。その後の、悲惨な気持は、比類が無い。

　私はその日も、私の見事な一篇の醜作を、駅の前のポストに投函し、急に生きている事がいやになり、懐手《ふところで》して首をうなだれ、足もとの石ころを蹴《け》ころがし蹴ころがしして歩いた。まっすぐに家へ帰る気力も無い。私の家は、この三鷹駅から、三曲りも四曲りもして歩いて二十分以上かかる畑地のまん中に在るのだが、そこには訪ねて来る客も無し、私は仕事でもない限りは、一日いっぱい毛布にくるまって縁側に寝ころんでいて、読書にも疲れて、あくびばかりを連発し、新聞を取り上げ、こども欄の考えもの、亀、鯨、兎、蛙、あざらし、蟻、ペリカン、この七つの中で、卵から生まれるものは何々でしょう、という問題に就いて、ちょっと頭をひねってみたり、それもつまらなくなり、あくびの涙がつつと頬を走って流れても、それにかまわず、ぼんやり庭の向うの麦畑を眺めて、やがて日が暮れるというような、半病人みたいな生活をしているのだから、いま、ただちに勇んで、たのしい我が家に引き返そうという気力も出て来ない。私は、家の方角とは反対の、玉川上水の土堤《どて》のほうへ歩いていった。四月なかば、ひるごろの事である。頭を挙げて見ると、玉川上水は深くゆるゆると流れて、両岸の桜は、もう葉桜になっていて真青に茂り合い、青い枝葉が両側から覆いかぶさり、青葉のトンネルのようである。ひっそりしている。ああ、こんな小説が書きたい。こんな作品がいいのだ。なんの作意も無い。私は立ちどまって、なお、よく見ていたい誘惑を感じたが、自分の、だらしない感傷を恥ずかしく思い、その光るばかりの緑のトンネルを、ちらと見たばかりで、流れに沿うて土堤の上を、のろのろ歩きつづけた。だんだん歩調が早くなる。流れが、私をひきずるのだ。水は幽かに濁りながら、点々と、薄よごれた花びらを浮かべ、音も無く滑り流れている。私は、流れてゆく桜の花びらを、いつのまにか、追いかけているのだ。ばかのように、せっせと歩きつづけているのだ。その一群の花弁《はなびら》は、のろくなったり、早くなったり、けれども停滞せず、狡猾《こうかつ》に身軽くするする流れてゆく。万助橋《まんすけばし》を過ぎ、もう、ここは井の頭公園の裏である。私は、なおも流れに沿うて、一心不乱に歩きつづける。この辺で、むかし松本訓導という優しい先生が、教え子を救おうとして、かえって自分が溺死《できし》なされた。川幅は、こんなに狭いが、ひどく深く、流れの力も強いという話である。この土地の人は、この川を、人喰い川と呼んで、恐怖している。私は、少し疲れた。花びらを追う事を、あきらめて、ゆっくり歩いた。たちまち一群の花びらは、流れて遠のき、きらと陽に白く小さく光って見えなくなった。私は、意味の無い溜息《ためいき》を、ほっと吐いて、手のひらで額《ひたい》の汗を拭き払った時、すぐ足もとで、わあ寒い！　という叫び声が。

私の驚いたのは言うまでもない。もちろん驚いた。尻餅《しりもち》をつかんばかりに、驚いた。人喰い川を、真白い全裸の少年が泳いでいる。いや、押し流されている。頭を水面に、すっと高く出し、にこにこ笑いながら、わあ寒い、寒いなあ、と言い私のほうを振り向き振り向き、みるみる下流に押し流されて行った。私は、わけもわからず走り出した。大事件だ。あれは、溺死するにきまっている。私は、泳げないが、でも、見ているわけにはいかぬ。私は、いつ死んだって、惜しくないからだである。救えないまでも飛び込み、共に死なければならぬ。死所を得たというものかも知れぬ、などと、非論理的な愚鈍の事を、きれぎれに考えながら、なりも振りもかまわずに走った。一言でいえば、私は極度に狼狽《ろうばい》していたのである。木の根に躓《つまず》いて顛倒《てんとう》しそうになっても、にこりともせず、そのまま、つんのめるような姿勢のままで、走りつづけた。いつもは、こんな草原は、蛇がいそうな故を以《もっ》て、絶対に避けて通ることにしているのであるが、いまは蛇に食い付かれたって構わぬ、どうせ直ぐに死なければならぬからだである、ぜいたくを言って居られぬ。私は人命救助のために、雑草を踏みわけ踏みわけ一直線に走っていると、

「あいたたた、」と突然背後に悲鳴が起り、「君、ひどいじゃないか。僕のおなかを、いやというほど踏んでいったぞ。」

聞き覚えのある声である。力あまって二三歩よろめき前進してから、やっと踏みとどまり、振り向いて見ると、れいの少年が、草原の中に全裸のままで仰向けに寝ている。私は急に憤怒《ふんぬ》を覚えて、「あぶないんだ。この川は。危険なんだ。」と、この場合あまり適切とは思えない叱咤《しった》の言を叫び威厳を取りつくろう為に、着物の裾《すそ》の乱れを調整し、「僕は、君を救助しに来たんだ。」

少年は上半身を起し、まつげの長い、うるんだ眼を、ずるそうに細めて私を見上げ、

「君は、ばかだね。僕がここに寝ているのも知らずに、顔色かえて駈けて行きやがる。見たまえ。僕の

おなかの、ここんとこに君の下駄《げた》の跡が、くっきり付いてるじゃないか。君が、ここんとこを、踏んづけて行ったのだぞ。見たまえ。」

「見たくない。けがらわしい。早く着物を着たらどうだ。君は、子供でもないじゃないか。失敬なやつだ。」

少年は素早くズボンをはき、立ち上って、

「君は、この公園の番人かい？」

私は、聞えない振りをした。あまりの愚問である。少年は白い歯を出して笑い、

「何も、そんなに怒ること無いじゃないか。」

と落ちついた口調で言い、ズボンのポケットに両手をつっ込み、ぶらぶら私のほうへ歩み寄って来た。裸体の右肩に、桜の花弁が一つ、へばりついている。

「あぶないんだ。この川は。泳いじゃ、いけない。」私は、やはり同じ言葉を、けれども前よりはずっと低く、ほとんど呟《つぶや》くようにして言った。「人喰い川、と言われているのだ。それに、この川の水は、東京市の水道に使用されているんだ。清浄にして置かなくちゃ、いけない。」

「知ってるよ、そんなこと。」少年は、すこし卑屈な笑いを鼻の両側に浮かべた。近くで見ると、よほどとしとった顔である。鼻が高くとがって、ちょっと上を向いている。眉は薄く、眼は丸く大きい。口は小さく、顎《あご》も短い。色が白いから、それでも可成りの美少年に見える。身長骨骼《こっかく》も尋常である。頭は丸刈りにして、鬚《ひげ》も無いが、でも狭い額には深い皺《しわ》が三本も、くっきり刻まれて在り、鼻翼の両側にも、皺が重くたるんで、黒い陰影を作っている。どうかすると、猿のように見える。もう少年でないの

かも知れない。私の足もとに、どっかり腰をおろして、私の顔を下から覗《のぞ》き、「坐らないかね、君も。そんなに、ふくれていると、君の顔は、さむらいみたいに見えるね。むかしの人の顔だ。足利《あしかが》時代と、桃山時代と、どっちがさきか、知ってるか?」

「知らないよ。」私は、形がつかぬので、腕をうしろに組み、その辺を歩きまわり、ぶっきらぼうな答えかたをしていた。

「じゃ、徳川十代将軍は、誰だか知ってるかい?」

「知らん!」ほんとうに知らないのである。

「なんにも知らないんだなあ。君は、学校の先生じゃないのかい?」

「そんなもんじゃない。僕は、」と言いかけて、少し躊躇《ちゅうちょ》したが、ええ、悪びれず言ってしまえと勇をふるって、「小説を書いているんだ。小説家、というもんだ。」言ってしまってから、ひどく尾籠《びろう》なことを言ったような気がした。

「そうかね。」相手は一向に感動せず、「小説家って、頭がわるいんだね。君は、ガロアを知ってるかい? エヴァリスト・ガロア。」

「聞いた事があるような、気がする。」

「ちえっ、外国人の名前だと、みんな一緒くたに、聞いたような気がするんだろう? なんにも知らない証拠だ。ガロアは、数学者だよ。君には、わかるまいが、なかなか頭がよかったんだ。二十歳で殺されちゃった。君も、も少し本を読んだら、どうかね。なんにも知らないじゃないか。可哀そうなアベルの話を知ってるかい? ニイルス・ヘンリク・アベルさ。」

「そいつも、数学者かい？」

「ふん、知っていやがる。ガウスよりも、頭がよかったんだよ。二十六で死んじゃったのさ。」

私は、自分でも醜いと思われるほど急に悲しく気弱くなり、少年から、よほど離れた草原に腰をおろし、やがて長々と寝そべってしまった。眼をつぶると、ひばりの声が聞える。

若き頃、世にも興ある驕児《きょうじ》たり
いまごろは、人喜ばす片言隻句《せっく》だも言えず
さながら、老猿
愛らしさ一つも無し
人の気に逆らうまじと黙し居れば
老いぼれの敗北者よと指さされ
もの言えば
黙れ、これ、恥を知れよと袖《そで》をひかれる。（ヴィヨン）

「自信がないんだよ、僕は。」眼をあいて、私は少年に呼びかけた。

「へん。自信がないなんて、言える柄かよ。」少年も寝ころんでいて、大声で、侮蔑の言葉を返却して寄こした。「せめて、ガロアくらいでなくちゃ、そんないい言葉が言えないんだよ。」

何を言っても、だめである。私にも、この少年の一時期が、あったような気がする。けさの知識は、けさ情熱を打ち込んで実行しなければ死ぬるほど苦しいのである。おそらくは、この少年も昨夜か、けさ、若くして死んだ大数学者の伝記を走り読みしたのに違いない。そのガロアなる少年天才も、あるいは、素裸で激流を泳ぎまくった事実があるのかも知れない。

「ガロアが、四月に、まっぱだかで川を泳いだ、とその本に書いていたかね。」私はお小手《こて》をとるつもりで、そう言ってやった。

「何を言ってやがる。頭が悪いなあ。そんなことで、おさえた気でいやがる。それだから、大人《おとな》はいやなんだ。僕は君に、親切で教えてやっているんじゃないか。先輩としての利己主義を、暗黙のうちに正義に化す。」

私は、いやな気がした。こんどは、本心から、この少年に敵意を感じた。

第二回

決意したのである。この少年の傲慢《ごうまん》無礼を、打擲《ちょうちゃく》してしまおうと決意した。そうと決意すれば、私もかなりに兇悪酷冷の男になり得るつもりであった。私は馬鹿に似ているが、けれども、根からの低能でも無かった筈である。自信が無いとは言っても、それはまた別な尺度から言っている事で、何もこんな一面識も無い年少の者から、これ程までにみそくそに言われる覚えは無いのである。

私は立って着物の裾の塵《ちり》をぱっぱっと払い、それから、ぐいと顎をしゃくって、

「おい、君。タンタリゼーションってのは、どうせ、たかの知れてるものだ。かえって今じゃ、通俗だ。

本当に頭のいい奴は、君みたいな気取った言いかたは、しないものだ。君こそ、ずいぶん頭が悪い。様子《ようす》ぶってるだけじゃ無いか。先輩が一体どうしたというのだ。誰も君を、後輩だなんて思ってやしない。君が、ひとりで勝手に卑屈になっているだけじゃないか。」

少年は草原に寝ころび眼をつぶったまま、薄笑いして聞いていたが、やがて眼を細くあけて私の顔を横眼で見て、

「君は、誰に言っているんだい。僕にそんなこと言ったって、わかりやしない。弱るね。」

「そうか。失敬した。」思わず軽く頭をさげて、それから、しまった！ と気付いた。かりそめにも目前の論敵に頭をさげるとは、容易ならぬ失態である。喧嘩《けんか》に礼儀は、禁物である。どうも私には、大人《たいじん》の風格がありすぎて困るのである。ちっとも余裕なんて無いくせに、ともすると余裕を見せたがって困るのである。勝敗の結果よりも、余裕の有無のほうを、とかく問題にしたがる傾向がある。それだから、必ず試合には負けるのである。ほめた事ではない。私は気を取り直し、

「とにかく立たないか。君に、言いたい事があるんだ。」

胸に、或る計画が浮かんだ。

「怒ったのかね。仕様がねえなあ。弱い者いじめを始めるんじゃないだろうね。」

言う事がいちいち不愉快である。

「僕のほうが、弱い者かも知れない。どっちが、どうだか判ったものじゃない。とにかく起きて上衣《うわぎ》を着たまえ。」

「へん、本当に怒っていやがる。どっこいしょ。」と小声で言って少年は起《た》ち上り、「上衣なんて、あり

やしない。」

「嘘をつけ。貧を衒《てら》う。安価なヒロイズムだ。さっさと靴《くつ》をはいて、僕と一緒に来たまえ。」

「靴なんて、ありやしない。売っちゃったんだよ。」立ちつくし、私の顔を見上げて笑っている。

私は、異様な恐怖に襲われた。この目前の少年を、まるっきりの狂人ではないかと疑ったのである。

「君は、まさか、」と言いかけて、どもってしまった。あまりにも失礼な、恐しい質問なので、言いかけた当の私が、べそをかいた。

「きのう迄は、あったんだよ。要《い》らなくなったから、売っちゃった。シャツなら、あるさ。」と無邪気な口調で言って、足もとの草原から、かなり上等らしい駱駝《らくだ》色のアンダアシャツを拾い上げ、「はだかで、ここまで来られるものか。僕の下宿は本郷だよ。ばかだね、君は。」

「はだしで来たわけじゃ、ないだろうね。」私は尚《なお》も、しつこく狐疑《こぎ》した。甚だ不安なのである。

「ああ、陸の上は不便だ。」少年はアンダアシャツを頭からかぶって着おわり、「バイロンは、水泳している間だけは、自分の跛《びっこ》を意識しなくてよかったんだ。だから水の中に居ることを好んだのさ。本当に、本当に、水の中では靴も要らない。上衣も要らない。貴賤貧富の別が無いんだ。」と声に気取った抑揚《よくよう》をつけて言った。

「君はバイロンかい。」私は努めて興醒《きょうざ》めの言葉を選んで言った。少年の相変らずの思わせぶりが、次第に鼻持ちならなく感ぜられて来たのである。「君は跛でもないじゃないか。それに、人間は、水の中にばかり居られるものじゃない。」自分で言いながら、ぞっとした程狂暴な、味気ない言葉であった。毒を以て毒を制するのだ。かまう事は無い、と胸の奥でこっそり自己弁解した。

「嫉妬さ。妬《や》けているんだよ、君は。」少年は下唇をちろと舐《な》めて口早に応じた。「老いぼれのぼんくらは、若い才能に遭うと、いたたまらなくなるものさ。否定し尽すまでは、堪忍できないんだ。ヒステリイを起しちゃうんだから仕様が無い。話があるんなら、話を聞くよ。だらしが無いねえ、君は。僕を、どこかへ引っぱって行こうというのか？」

見ると、彼は、いつのまにやら、ちゃんと下駄をはいている。買って間も無いものらしく、一見したところは私の下駄より、はるかに立派である。私は、なぜだか、ほっとした。救われた気持であった。浅間《あさま》しい神経ではあるが、私も、やはり、あまりに突飛な服装の人間には、どうしても多少の警戒心を抱いてしまうのである。服装なんか、どうでもいいものだとは、昔から一流詩人の常識になっていて、私自身も、服装に就いては何の趣味も無し、家の者の着せる物を黙って着ていて、人の服装にも、まるで無関心なのであるが、けれども、やはり、それにも程度があって、ズボン一つで、上衣も無し、靴も無しという服装には流石《さすが》に恐怖せざるを得なかったのである。所詮《しょせん》は、私の浅間しい俗人根性なのであろう。いまこの少年が、かなり上等のシャツを着込み、私のものより立派な下駄をはいて、しゃんと立っているのを見て、私は非常に安心したのである。まずまず普通の服装である。狂人では、あるまい。さっき胸に浮かんだ計画を、実行しても差支え無い。相手は尋常の男である。膝《ひざ》を交えて一論戦しても、私の不名誉にはなるまい。

「ゆっくり話をして、みたいんだがね。」私は技巧的な微笑を頬に浮かべて、「君は、さっきから僕を無学だの低能だのと称しているが、僕だって多少は、名の有る男だ。事実、無学であり低能ではあるが、けれども、君よりは、ましだと思っている。君には、僕を侮辱する資格は無いのだ。君の不当の暴言に対して、僕も返礼しなければならぬ。」なかなか荘重な出来《でき》である。それにも拘らず、少年は噴き出した。

「なあんだ、僕と遊びたがっていやがる。君も、よっぽどひまなんだね。何か、おごれよ。おなかが、すいた。」

私も危く大笑いするところであったが、懸命に努めて渋面を作り、

「ごまかしては、いかん。君は今、或る種の恐怖を感じていなければならぬところだ。とにかく、僕と一緒に来給え。」ともすると笑い出しそうになって困るので、私は多少狼狽《ろうばい》して後をも振り向かず急いで歩き出した。

私の計画とは、計画という言葉さえ大袈裟《おおげさ》な程の、ほんのささやかな思いつきに過ぎないのである。井の頭公園の池のほとりに、老夫婦二人きりで営んでいる小さい茶店が一軒ある。私は、私の三鷹の家に、ほんのたまに訪れて来る友人たちを、その茶店に案内する事にしているのである。私は、どういうわけだか、家に在る時には頗る《すこぶ》口が重い。ただ、まごまごしている。たまに私の家に訪れて来る友人は、すべて才あり学あり、巧《たく》まずして華麗高潔の芸論を展開するのであるが、私は、れいの「天候居士」ゆえ、いたずらに、あの、あの、とばかり申して膝をゆすり、稀《まれ》には、へえ、などの平伏の返事まで飛び出す始末で、われながら、みっともない。かくては、襖《ふすま》の蔭で縫いものをしている家の者に迄あなどられる結果になるやも知れぬという、けち臭い打算から、私は友人を屋外に誘い出し、とにもかくにも散策を試み、それでもやはり私の旗色《はたいろ》は呆れる程に悪く、やりきれず、遂には、その井の頭公園の池のほとりの茶店に案内するという段取りになるのであった。この茶店の床几《しょうぎ》の上に、あぐらをかけば、私は

不思議に蘇生《そせい》するのである。その床几の上に、あぐらをかいて池の面を、ぼんやり眺め、一杯のおしるこ、或《あるい》は甘酒をすするならば、私の舌端は、おもむろにほどけて、さて、おのれの思念開陳は、自由闊達、ふだん思ってもいない事まで、まことしやかに述べ来り、説き去り、とどまるところを知らぬ状態に立ち到ってしまうのである。この不思議の原因は、私も友人も、共に池の面を眺めながら話を交すというところに在るらしい。すなわち、談話の相手と顔を合わせずに、視線を平行に池の面に放射しているところに在るらしいのである。諸君も一度こころみるがよい。両者共に、相手の顔を意識せず、ソファに並んで坐って一つの煖炉の火を見つめながら、その火焔に向って交互に話し掛けるような形式を執《と》るならば、諸君は、低能のマダムと三時間話し合っても、疲れる事は無いであろう。一度でも、顔を見合わせてはいけない。私は、そこの茶店では、頑強に池の面ばかりを眺めて、辛うじて私の弁舌の糸口を摘出することに成功するのである。その茶店の床几は、謂《い》わば私のホオムコオトである。このコオトに敵を迎えて戦うならば、私は、ディドロ、サント・ブウヴほどの毒舌の大家にも、それほど醜い惨敗はしないだろうとも思われるけれど、私には学問が無いから、やっぱり負けるかも知れない。私には、あの人たちほどフランス語が話せない。そこに、その茶店の床几に、私は、この少年を連れていって、さっきの悪罵の返礼をしようと、たくらんでいたのである。私を、あまりにも愚弄《ぐろう》した。少し、たしなめてやらなければならぬ。

若い才能と自称する浅墓な少年を背後に従え、公園の森の中をゆったり歩きながら、私は大いに自信があった。果して私が、老いぼれのぼんくらであるかどうか、今に見せてあげる。少年は、私について歩いているうちに次第に不安になって来た様子で、ひとりで何かと呟きはじめた。

「僕の母はね、死んだのだよ。僕の父はね、恥ずかしい商売をしているんだよ。聞いたら驚くよ。僕は、田舎者だよ。モラルなんて無いんだ。ピストルが欲しいな。パンパンと電線をねらって撃つと、電線は一本ずつプツンプツンと切れるんだ。日本は、せまいな。かなしい時には、素はだかで泳ぎまくるのが一番いいんだ。どうして悪いんだろう。なんにも出来やしないじゃないか。めったな事は言われねえ。説教なんて、まっぴらだ。本を読めば書いてあらあ。放《ほ》って置いてくれたって、いいじゃないか。僕はね、さえき五一郎って言うんだよ。数学は、あまり得意じゃないんだ。怪談が、一ばん好きだ。でもね、おばけの出方には、十三とおりしか無いんだ。待てよ、提燈《ちょうちん》ヒュウのモシモシがあるから、十四種類だ。つまらないよ。」

わけの判らぬような事を、次から次と言いつづけるのであるが私は一切之を黙殺した。聞えない振りをして森を通り抜け、石段を降り、弁天様の境内を横切り、動物園の前を通って池に出た。池をめぐって半町ほど歩けば目的の茶店である。私は残忍な気持で、ほくそ笑んだ。さっきこの少年が、なあんだ遊びたがっていやがる、と言ったけれど、私の心の奥底には、たしかにそんな軽はずみな虫も動いていたようである。それから、もう一つ。次の時代の少年心理を、さぐってみたいという、けちな作家意識も、たしかに働いて、自分から進んでこの少年に近づいていったところもあったのである。ばかな事をしたものだ。おかげで私はそれから、不幸、戦慄、醜態の連続の憂目を見なければならなくなったのである。

茶店に到着して、すなわち床几にあぐらをかいて、静かに池の面に視線を放ち、これでよし、と再び残忍な気持でほくそ笑んだところ迄は上出来であったが、それからが、いけなかった。私がおしるこ二

つ、と茶店の老婆に命じたところ、少年は、

「親子どんぶりがあるかね?」と私の傍に大きなあぐらをかいて、落ちついて言い出したので、私は狼狽した。私の袂《たもと》には、五十銭紙幣一枚しか無いのである。これは先刻、家を出る時、散髪せよと家の者に言われて、手渡されたものなのである。けれども私は、悪質の小説の原稿を投函して、たちまち友人知己の嘲笑が、はっきり耳に聞え、いたたまらなくなってその散髪の義務をも怠ってしまったのである。

「待て、待て。」と私は老婆を呼びとめた。全身かっと熱くなった。「親子どんぶりは、いくらだね。」

下等な質問であった。

「五十銭でございます。」

「それでは、親子どんぶり一つだ。一つでいい。それから、番茶を一ぱい下さい。」

「ちえっ、」少年は躊躇なく私をせせら笑った。「ちゃっかりしていやがら。」

私は、溜息をついた。なんと言われても、致しかたの無いことである。私は急に、いやになった。こんなに誇りを傷つけられて、この上なにを少年に説いてやろうとするのか。私は何も言いたくなくなった。

「君は、学生かい?」と私は、実に優しい口調で、甚《はなは》だ月並な質問を発してしまった。眼は、それでもやはり習慣的に池の面を眺めている。二尺ちかい緋鯉《ひごい》がゆらゆら私たちの床几の下に泳ぎ寄って来た。

「きのうまでは、学生だったんだ。きょうからは、ちがうんだ。どうでもいいじゃないか、そんな事は。」少年は、元気よく答える。

「そうだね。僕もあまり人の身の上に立ちいることは好まない。深く立ちいって聞いてみたって、僕に

は何も世話の出来ない事が、わかっているんだから。」

「俗物だね、君は。申しわけばかり言ってやがる。目茶苦茶や。」

「ああ、目茶苦茶なんだ。たくさん言いたい事も、あったんだけれど、いやになった。だまって景色でも見ているほうがいいね。」

「そんな身分になりたいよ。僕なんて、だまっていたくても、だまって居れない。心にもない道化でも言っていなけれや、生きて行けないんだ。」大人びた、誠実のこもった声であった。私は思わず振り向いて、少年の顔を見直した。

「それは、誰の事を言っているんだ。」

少年は、不機嫌に顔をしかめて、

「僕の事じゃないか。僕は、きのう迄、良家の家庭教師だったんだぜ。低能のひとり娘に代数を教えていたんだ。僕だって、教えるほど知ってやしない。教えながら覚えるという奴さ。そこは、ごまかしが、きくんだけども、幇間《ほうかん》の役までさせられて、」ふっと口を噤《つぐ》んだ。

第六回

歌っているのは、私だけであった。調子はずれの胴間声《どうまごえ》で、臆することなく呶鳴り散らしていたのだが、歌い終って、「なんだ、誰も歌ってやしないじゃないか。もう一ぺん。アイン、ツワイ、ドライ！」と叫んだ時に、

「おい、おい。」と背後から肩を叩かれた。振り向いて見ると、警官である。「宵の口から、そんなに騒

いで歩いては、悪いじゃないか。君は、どこの学生だ。隠さずに言ってみ給え。」

私は自分の運命を直覚した。これは、しまった。私は学生の姿である。三十二歳の酔詩人ではなかった。ちょっとのお詫びでは、ゆるされそうもない。絶体絶命。逃げようか。


「おい、おい。」重ねて呼ばれて、はっと我に帰った。私は、草原の中に寝ていた。陽は、まだ高い。ひばりの声が聞える。ようやく気が付いた。私は、やはり以前の、井の頭公園の玉川上水の土堤の上に寝そべっていたのである。見ると、少年佐伯は、大学の制服、制帽で、ぴかぴか光る靴をはき、ちゃんと私の枕元に立っている。

「おい、僕は帰るぞ。」と落着いた口調で言い、「君は、眠っちゃったじゃないか。だらしないね。」

「眠った？　僕が？」

「そうさ。可哀そうなアベルの話を聞かせているうちに、君は、ぐうぐう眠っちゃったじゃないか。君は、仙人みたいだったぞ。」

「まさか。」私は淋しく笑った。「ゆうべから、ちっとも寝ないで仕事をしていたものだから、疲れが出ちゃったんだね。永いこと眠っていたかい？」

「なに十分か十五分かな？　ああ、寒くなった。僕は、もう帰るぜ。しっけい。」

「待ち給え。」私は、上半身を起して、「君は、高等学校の生徒じゃなかったかね？」

「あたり前さ。大学へはいる迄は、高等学校さ。君は、ほんとうに頭が悪いね。」

「いつから大学生になったんだい？」

「ことしの三月さ。」

「そうかね。君は、佐伯五一郎というんだろう？」

「寝呆けていやがる。僕は、そんな名前じゃないよ。」

「そうかね。じゃ、何だって、この川をはだかで泳いだりしたんだね？」

「この川が、気に入ったからさ。それくらいの気まぐれは、ゆるしてくれたっていいじゃないか。」

「へんな事を聞くようだが、君の友人に熊本君という人がいないかね？　ちょっと、こう気取った人で。」

「熊本？——無いね。やはり、工科かね？」

「そうじゃないんだ。みんな夢かな？　僕は、その熊本君にも逢いたいんだがね。」

「何を言ってやがる。寝呆けているんだよ。しっかりし給え。僕は、帰るぜ。」

「ああ、しっけい。君、君、」と又、呼びとめて、「勉強し給えよ。」

「大きにお世話だ。」

颯爽《さっそう》と立ち去った。私は独り残され、侘しさ堪え難い思いである。その実を犇《ひし》と護らなん、と呶鳴るようにして歌った自分の声が、まだ耳の底に残っているような気がする。白日夢。私は立上って、茶店のほうに歩いた。袂《たもと》をさぐってみると、五十銭紙幣は、やはりちゃんと残って在る。佐伯君にも、熊本君にも欠点があります。僕にも、欠点があります。助け合って行きたいと思います、という私の祝杯の辞も思い出された。いますぐ、渋谷へ飛んで行って、確めてみたいとさえ思ったが、やはり熊本君の下宿の道順など、朦朧《もうろう》としている。夢だったのに違いない。公園の森を通り抜け、動物園の前を過ぎ、池

をめぐって馴染《なじみ》の茶店にはいった。老婆が出て来て、

「おや、きょうは、お一人？　おめずらしい。」

「カルピスを、おくれ。」おおいに若々しいものを飲んでみたかった。

茶店の床几にあぐらをかいて、ゆっくりカルピスを啜ってみても、私は、やはり三十二歳の下手な小説家に過ぎなかった。少しも、若い情熱が湧いて来ない。その実を犇と護らなん、その歌の一句を、私は深刻な苦笑でもって、再び三度、反芻《はんすう》しているばかりであった。

（第三回〜第六回末尾近くまで省略）

花吹雪（抜粋）

三

とにかく、私は、うんざりしたのだ。どうにも、これでは、駄目である。まるで、見込みが無いのである。男は、武術。之の修行を怠っている男は永遠に無価値である、と黄村先生に教え諭《さと》され、心にしみるものがあり、二、三の文献を調べてみても、全くそのとおり、黄村先生のお説の正しさが明白になって来るばかりであったが、さて、ひるがえってわが身の現状を見つめるならば、どうにも、あまりにひどい。一つとして手がかりの無い儼然《げんぜん》たる絶壁に面して立った気持で、私は、いたずらに溜息をもらすばかりであった。私の家の近所に整骨院があって、そこの主人は柔道五段か何かで、小さい道場も設備せられてある。夕方、職場から帰った産業戦士たちが、その道場に立寄って、どたんばたんと稽古をしている。私は散歩の途中、その道場の窓の下に立ちどまり、背伸びしてそっと道場の内部を覗《のぞ》いてみる。実に壮烈なものである。私は、若い頑強の肉体を、生れてはじめて、胸の焼け焦げる程うらやましく思った。うなだれて、そのすぐ近くの禅林寺に行ってみる。この寺の裏には、森鷗外の墓がある。どういうわけで、鷗外の墓が、こんな東京府下の三鷹町にあるのか、私にはわからない。けれども、この墓地は清潔で、鷗外の文章の片影がある。私の汚い骨も、こんな小綺麗な墓地の片隅に埋められたら、死後の救いがあるかも知れないと、ひそかに甘い空想をした日も無いではなかったが、今はもう、気持が畏縮《いしゅく》してしまって、そんな空想など雲散霧消した。私には、そんな資格が無い。立派な口髭《くちひげ》を生やしながら、酔漢を相手に敢然と格闘して縁先から墜落したほどの豪傑と、同じ墓地に眠る資格は私に無い。お前なんかは、墓地の択《え》り好みなんて出来る身分ではないのだ。はっきりと、身の程を知らなければならぬ。私はその日、鷗外の端然たる黒い墓碑をちらと横目で見ただけで、あわてて帰宅したのである。家へ帰ると、一通の手紙が私を待受けていた。黄村先生からのお便りである。ああ、ここに先駆者がいた。私たちの、光栄ある悲壮の先駆者がいたのだ。以下はそのお便りの全文である。

　前略。その後は如何《いかが》。老生ちかごろ白氏の所謂《いわゆる》、間事《かんじ》を営み自ら笑うの心境に有之候《これありそうろう》。先日おいでの折、男子の面目は在武術と説き、諸卿《しょけい》の素直なる御賛同を得たるも、教訓する者みずから率先《そっせん》して実行せざれば、あたら卓説も瓦礫《がれき》に等しく意味無きものと相成るべく、老生もとより愚昧《ぐまい》と雖《いえど》も教えて責を負わざる無反省の教師にては無之《これなく》、昨夕、老骨奮起一番して弓の道場を訪れ申候。悲しい哉《かな》、老いの筋骨亀縮して手足十分に伸び申さず、わななきわななき引きしぼって放ちたる矢の的にはとどかで、すぐ目前の砂利の上にぱたりぱたりと落ちる淋しさ、お察し被下度《くだされたく》候。南《な》無《む》八幡《はちまん》！　と瞑目《めいもく》して深く念じて放ちたる弦は、わが耳をびゅんと撃ちて、いやもう痛いのなんの、そこら中を走り狂い叫喚《きょうかん》したき程の然《しか》れども、南無八幡！　とかすれたる声もて呻《うめ》き念じ、辛じて堪え忍ぶ有様に御座候。然《しか》れども、之を以て直ちに老生の武術に於ける才能の貧困を云々するは早計にて、嘗《か》つて誰か、ただ一日の修行にて武術の蘊奥《うんおう》を極め得たる。思う念力、岩をもとおすためしも有之、あたかも、太原の一男子自ら顧るに庸且つ鄙たりと雖も、たゆまざる努力を用いて必ずやこの老いの痩腕に八郎にも劣らぬくろがねの筋をぶち込んでお目に掛けんと固く決意仕り、ひとり首肯してその夜の稽古は打止めに致し、帰途は鳴瀬医院に立寄って耳の診察を乞い、鼓膜《こまく》は別に何ともなっていませんとの診断を得てほっと致し、さらに勇気百倍、阿佐ヶ谷の省線踏切の傍なる屋台店にずいとはいり申候。酒不足の折柄、老生もこのごろは、この屋台店の生葡萄酒にて渇を医《いや》す事に致し居候。四月なり。落花紛々の陽春なり。屋台の裏にも山桜の大木三本有之、微風吹き来る度毎に、おびただしく花びらこぼれ飛び散り、落花繽紛《ひんぷん》として屋台の内部にまで吹き込み、意気さかんの弓術修行者は酔わじと欲するもかなわぬ風情、御賢察のほど願上候《ねがいあげそうろう》。

（一、二省略・以下省略）

Sakka no Techou

作家の手帖

ことしの七夕《たなばた》は、例年になく心にしみた。七夕は女の子のお祭である。女の子が、織機のわざをはじめ、お針など、すべて手芸に巧みになるように織女星《しょくじょせい》にお祈りをする宵である。支那に於いては棹《さお》の端に五色の糸をかけてお祭りをするのだそうであるが、日本では、藪から切って来たばかりの青い葉のついた竹に五色の紙を吊り下げて、それを門口に立てるのである。竹の小枝に結びつけられてある色紙には、女の子の秘めたお祈りの言葉が、たどたどしい文字で書きしたためられていることもある。七、八年も昔の事であるが、私は上州の谷川温泉へ行き、その頃いろいろ苦しい事があって、その山上の温泉にもいたたまらず、山の麓《ふもと》の水上《みなかみ》町へぼんやり歩いて降りて来て、橋を渡って町へはいると、町は七夕、赤、黄、緑の色紙が、竹の葉蔭にそよいでいて、ああ、みんなつつましく生きていると、一瞬、私も、よみがえった思いをした。あの七夕は、いまでも色濃く、あざやかに覚えているが、それから数年、私は七夕の、あの竹の飾りを見ない。いやいや、毎年、見ているのであろうが、私の心にしみた事は無かった。それが、どういうわけか、ことしは三鷹の町のところどころに立てられてある七夕の竹の飾りが、むしょうに眼にしみて仕方がなかった。それで、七夕とは一体、どういう意味のお祭りなのか更にくわしく知りたくさえなって来て、二つ三つの辞書をひいて調べてみた。けれども、どの辞書にも、「手工の巧みならん事を祈るお祭り」という事だけしか出ていなかった。これだけでは、私には不足なのだ。もう一つ、もっと大事な意味があったように、私は子供の頃から聞かされていた。この夜は、牽《けん》牛星《ぎゅうせい》と織女星が、一年にいちどの逢《お》う瀬をたのしむ夜だった筈ではないか。私は、子供の頃には、あの竹に色紙をつるしたお飾りも、牽牛織女のお二人に対してその夜のおよろこびを申し上げるしるしではなかろうかとさえ思っていたものである。牽牛織女のおめでたを、下界で慶祝するお祭りであろうと思っていたのだが、それが後になって、女の子が、お習字やお針が上手になるようにお祈りする夜なので、あの竹のお飾りも、そのお願いのためのお供えであるという事を聞かされて、変な気がした。女の子って、実に抜け目が無く、自分の事ばかり考えて、ちゃっかりしているものだと思った。織女さまのおよろこびに付け込んで、自分たちの願いをきいてもらおうと計画するなど、まことに実利的で、ずるいと思った。だいいち、それでは織女星に気の毒である。一年にいちどの逢う瀬をたのしもうとしている夜に、下界からわいわい陳情が殺到しては、せっかくの一夜も、めちゃ苦茶になってしまうだろうに。けれども、織女星も、その夜はご自分にも、よい事のある一夜なのだから、仕方なく下界の女の子たちの願いを聞きいれてやらざるを得ないだろう。女の子たちは、そんな織女星の弱味に付け込んで遠慮会釈《えしゃく》もなく、どしどし願いを申し出るのだ。ああ、女は、幼少にして既にこのように厚かましい。けれども、男の子は、そんな事はしない。織女が、少なからずはにかんでいる夜に、慾張った願いなどするものではないと、ちゃんと礼節を心得ている。現に私などは、幼少の頃から、七夕の夜には空を見上げる事をさえ遠慮していた。そうして、どうか風雨のさわりもなく、たのしく一夜をお過しなさるようにと、小さい胸の中で念じていたものだ。恋人同志が一年にいちど相逢う姿を、遠目鏡などで眺めるのは、実に失礼な、また露骨な下品な態度だと思っていた。とても恥ずかしくて、望見出来るものではない。

そんな事を考えながら七夕の町を歩いていたら、ふいとこんな小説を書きたくなった。毎年いちど七夕の夜にだけ逢おうという約束をしている下界の恋人同志の事を書いてみたらどうだろう。或《ある》いは何かつらい事情があって、別居している夫婦でもよい。その夜は女の家の門口に、あの色紙の結びつけられた竹のお飾りが立てられている。

いろいろ小説の構想をしているうちに、それも馬鹿らしくなって来て、そんな甘ったるい小説なんか書くよりは、いっそ自分でそれを実行したらどうだろうという怪《あや》しい空想が起って来た。今夜これから誰か女のひとのところへ遊びに行き、知らん振りして帰って来る。そうして、来年の七夕にまたふらりと遊びに行き、やっぱり知らん振りして帰って来る。そうして、五、六年もそれを続けて、それからはじめて女に打ち明ける。毎年、僕の来る夜は、どんな夜だか知っていますか、七夕です、と笑いながら教えてやると、私も案外いい男に見えるかも知れない。今夜これから、と眼つきを変えてうなずいてはみたが、さて、どこといって行くところは無いのである。私は女ぎらいだから、知っている女は一人も無い。いやこれは逆かも知れない。知っている女が一人も無いから、女ぎらいなのかも知れないが、とにかく、心あたりの女性が一人も無かったというのだけは事実であった。私は苦笑した。お蕎《そ》麦《ば》屋の門口にれいの竹のお飾りが立っている。色紙に何か文字が見えた。私は立ちどまって読んだ。たどたどしい幼女の筆蹟《ひっせき》である。

オ星サマ。日本ノ国ヲオ守リ下サイ。

大君ニ、マコトササゲテ、ツカエマス。

はっとした。いまの女の子たちは、この七夕祭に、決して自分勝手のわがままな祈願をしているのではない。清純な祈りであると思った。私は、なんどもなんども色紙の文字を読みかえした。すぐに立ち去る事は出来なかった。この祈願、かならず織女星にとどくと思った。祈りは、つつましいほどよい。

昭和十二年から日本に於いて、この七夕も、ちがった意味を有《も》って来ているのである。昭和十二年七月七日、蘆溝橋《ろこうきょう》に於いて忘るべからざる銃声一発とどろいた。私のけしからぬ空想も、きれいに雲散霧消してしまった。

われ幼少の頃の話であるが、町のお祭礼などに曲馬団が来て小屋掛けを始める。悪童たちは待ち切れず、その小屋掛けの最中に押しかけて行ってテントの割れ目から小屋の内部を覗《のぞ》いて騒ぐ。私も、はにかみながら悪童たちの後について行って、おっかなびっくりテントの中を覗くのだ。努力して、そんな下品な態度を真似《まね》るのである。こら！　とテントの中で曲馬団の者が呶鳴《どな》る。わあと喚声《かんせい》を揚げて子供たちは逃げる。私も真似をして、わあと、てれくさい思いで叫んで逃げる。曲馬団の者が追って来る。

「あんたはいい。あんたは、いいのです。」

曲馬団の者はそう言って、私ひとりをつかまえて抱きかかえ、テントの中へ連れて帰って馬や熊や猿を見せてくれるのだが、私は少しもたのしくなかった。私は、あの悪童たちと一緒に追い散らされたかったのである。曲馬団は、その小屋掛けに用いる丸太などを私の家から借りて来ているのかも知れない。私はテントから逃げ出す事も出来ず、実に浮かぬ気持で、黙って馬や熊を眺めている。テントの外には、また悪童たちが忍び寄って来て、わいわい騒いでいる。こら！　と曲馬団の者が呶鳴る。わあと言って退却する。実に、たのしそうなのである。私は、泣きべそかいて馬を見ている。あの悪童たちが、うらやましくて、うらやましくて、自分ひとりが地獄の思いであったのだ。いつか私は、この事を或《あ》る先輩に言ったところが、その先輩は、それは民衆へのあこがれというものだ、と教えてくれた。してみると、あこがれというものは、いつの日か必ず達せられるものらしい。私は今では、完全に民衆の中の一人である。カアキ色のズボンをはいて、開襟《かいきん》シャツ、三鷹の町を産業戦士のむれにまじって、少しも目立つ事もなく歩いている。けれども、やっぱり酒の店などに一歩足を踏み込むと駄目である。産業戦士たちは、焼酎《しょうちゅう》でも何でも平気で飲むが、私は、なるべくならばビイルを飲みたい。産業戦士たちは元気がよい。

「ビイルなんか飲んで上品がっていたって、仕様がないじゃねえか。」と、あきらかに私にあてつけて大声で言っている。私は背中を丸くして、うつむいてビイルを飲んでいる。少しもビイルが、うまくない。幼少の頃の曲馬団のテントの中の、あのわびしさが思い出される。私は君たちの友だとばかり思って生きて来たのに。

　友と思っているだけでは、足りないのかも知れない。尊敬しなければならぬのだ。厳粛に、私はそう思った。

その酒の店からの帰り道、井《い》の頭《かしら》公園の林の中で、私は二、三人の産業戦士に逢った。その中の一人が、すっと私の前に立ちふさがり、火を貸して下さい、と叮嚀《ていねい》な物腰で言った。私は恐縮した。私は自分の吸いかけの煙草《たばこ》を差し出した。私は咄嗟《とっさ》の間に、さまざまの事を考えた。私は挨拶《あいさつ》の下手《へた》な男である。人から、お元気ですか、と問われても、へどもどとまごつくのである。何と答えたらいいのだろう。元気とは、どんな状態の事をさして言うのだろう。元気、あいまいな言葉だ。むずかしい質問だ。辞書をひいて見よう。元気とは、身体を支持するいきおい。精神の活動するちから。すべて物事の根本となる気力。すこやかなること。勢いよきこと。私は考える。自分にいま勢いがあるかどうか。それは神さまにおまかせしなければならぬ領域で、自分にはわからない事だ。お元気ですか、と何気なく問われても、私はそれに対して正確に御返事しようと思って、そうして口ごもってしまうのだ。ええ、まあ、こんなものですが、でも、まあ、こんなものでしょうねえ、そうじゃないでしょうか、などと自分ながら何が何やらわけのわからぬ挨拶をしてしまうような始末である。私には社交の辞令が苦手である。いまこの青年が私から煙草の火を借りて、いまに私に私の吸いかけ煙草をかえすだろう、その時、この産業戦士は、私に対して有難うと言うだろう。私だって、人から火を借りた時には、何のこだわりもなく、有難うという。それは当りまえの話だ。私の場合、ひとよりもっと叮嚀に、帽子をとり、腰をかがめて、有難うございました、とお礼を申し上げる事にしている。その人の煙草の火のおかげで、私は煙草を一服吸う事が出来るのだもの、謂《い》わば一宿一飯の恩人と同様である。けれども逆に、私が他人に煙草の火を貸した場合は、私はひどく挨拶の仕方に窮するのである。煙草の火を貸すという事くらい、世の中に易々《いい》たる事はない。それこそ、なんでもない事だ。貸すという言葉さえ大袈裟《おおげさ》なもののように思われる。

自分の所有権が、みじんも損われないではないか。御不浄拝借よりも更に、手軽な依頼ではないか。私は人から煙草の火の借用を申し込まれる度毎《たびごと》に、いつもまごつく。殊《こと》にその人が帽子をとり、ていねいな口調でたのんだ時には、私の顔は赤くなる。はあ、どうぞ、と出来るだけ気軽に言って、そうして、私がベンチに腰かけたりしている時には、すぐに立ち上る事にしている。そうして、少し笑いながら相手の人の受け取り易いように私の煙草の端をつまんで差し出す。私の煙草が、あまり短い時には、どうぞ、それはお捨てになって下さい、と言う。マッチを二つ持ち合せている時には、一つ差し上げる事にしている。一つしか持っていない時でも、その自分のマッチ箱に軸木が一ぱい入っているならば、軸木を少しおわけして上げる。そんな時には、相手から、すみませんと言われても、私はまごつかず、いいえ、と挨拶をかえす事も出来るのであるが、マッチの軸木一本お上げしたわけでもなく、ただ自分の吸いかけの煙草の火を相手の人の煙草に移すという、まことに何でもない事実に対して、叮嚀にお礼を言われると、私は会釈の仕方に窮して、しどろもどろになってしまうのである。私は、いまこの井の頭公園の林の中で、一青年から頗《すこぶ》る慇懃《いんぎん》に煙草の火を求められた。しかもその青年は、あきらかに産業戦士である。私が、つい先刻、酒の店で、もっとこの人たちに対して尊敬の念を抱くべきであると厳粛に考えた、その当の産業戦士の一人である。その人から、私は数秒後には、ありがとう、すみません、という叮嚀なお礼を言われるにきまっているのだ。恐縮とか痛みいるなどの言葉もまだるっこい。私には、とても堪えられない事だ。この青年の、ありがとうというお礼に対して、私はなんと挨拶したらいいのか。さまざまの挨拶の言葉が小さいセルロイドの風車のように眼にもとまらぬ速さで、くるくると頭の中で廻転した。風車がぴたりと停止した時、

「ありがとう！」明朗な口調で青年が言った。

私もはっきり答えた。

「ハバカリサマ。」

それは、どんな意味なのか、私にはわからない。けれども私は、そう言って青年に会釈して、五、六歩あるいて、実に気持がよかった。すっとからだが軽くなった思いであった。実に、せいせいした。家へ帰って、得意顔でその事を家の者に知らせてやったら、家の者は私を、とんちんかんだと言った。


拙宅の庭の生垣《いけがき》の陰に井戸が在る。裏の二軒の家が共同で使っている。裏の二軒は、いずれも産業戦士のお家である。両家の奥さんは、どっちも三十五、六歳くらいの年配であるが、一緒に井戸端で食器などを洗いながら、かん高い声で、いつまでも、いつまでも、よもやまの話にふける。私は仕事をやめて寝ころぶ。頭の痛くなる事もある。けれども、昨日の午後、片方の奥さんが、ひとりで井戸端でお洗濯をしていて、おんなじ歌を何べんも何べんも繰り返して唄うのである。

ワタシノ母サン、ヤサシイ母サン。

ワタシノ母サン、ヤサシイ母サン。

やたらに続けて唄うのである。私は奇妙に思った。まるで、自画自讃ではないか。この奥さんには三人の子供があるのだ。その三人の子供に慕われているわが身の仕合せを思って唄っているのか。或いはまた、この奥さんの故郷の御老母を思い出して。まさか、そんな事もあるまい。しばらく私は、その繰り返し唄う声に耳を傾けて、そうして、わかった。あの奥さんは、なにも思ってやしないのだ。謂わば、ただ唄っているのだ。夏のお洗濯は、女の仕事のうちで、一ばん楽しいものだそうである。あの歌には、意味が無いのだ。ただ無心にお洗濯をたのしんでいるのだ。大戦争のまっさいちゅうなのに。

アメリカの女たちは、決してこんなに美しくのんきにしてはいないと思う。そろそろ、ぶつぶつ不平を言い出していると思う。鼠《ねずみ》を見てさえ気絶の真似をする気障《きざ》な女たちだ。女が、戦争の勝敗の鍵《かぎ》を握っている、というのは言い過ぎであろうか。私は戦争の将来に就《つ》いて楽観している。

第一章　作品より「陋屋の机に頬杖ついて」

陋巷のマリヤ

Junigatsu Youka

十二月八日

きょうの日記は特別に、ていねいに書いて置きましょう。昭和十六年の十二月八日には日本のまずしい家庭の主婦は、どんな一日を送ったか、ちょっと書いて置きましょう。もう百年ほど経《た》って日本が紀元二千七百年の美しいお祝いをしている頃に、私の此の日記帳が、どこかの土蔵の隅から発見せられて、百年前の大事な日に、わが日本の主婦が、こんな生活をしていたという事がわかったら、すこしは歴史の参考になるかも知れない。だから文章はたいへん下手でも、嘘だけは書かないように気を付ける事だ。なにせ紀元二千七百年を考慮にいれて書かなければならぬのだから、たいへんだ。でも、あんまり固くならない事にしよう。主人の批評に依れば、私の手紙やら日記やらの文章は、ただ真面目なばかりで、そうして感覚はひどく鈍いそうだ。センチメントというものが、まるで無いので、文章がちっとも美しくないそうだ。本当に私は、幼少の頃から礼儀にばかりこだわって、心はそんなに真面目でもないのだけれど、なんだかぎくしゃくして、無邪気にはしゃいで甘える事も出来ず、損ばかりしている。慾が深すぎるせいかも知れない。なおよく、反省をして見ましょう。

紀元二千七百年といえば、すぐに思い出す事がある。なんだか馬鹿らしくて、おかしい事だけれど、先日、主人のお友だちの伊馬さんが久し振りで遊びにいらっしゃって、その時、主人と客間で話合っているのを隣部屋で聞いて噴《ふ》き出した。

「どうも、この、紀元二千七百年《しちひゃくねん》のお祭りの時には、二千七百年《ななひゃくねん》と言うか、あるいは二千七百年《しちひゃくねん》と言うか、心配なんだね、非常に気になるんだね。僕は煩悶《はんもん》しているのだ。君は、気にならんかね。」

と伊馬さん。

「ううむ。」と主人は真面目に考えて、「そう言われると、非常に気になる。」

「そうだろう、」と伊馬さんも、ひどく真面目だ。「どうもね、ななひゃくねん、というらしいんだ。なんだか、そんな気がするんだ。だけど僕の希望をいうなら、しちひゃくねん、と言ってもらいたいんだね。どうも、ななひゃく、では困る。いやらしいじゃないか。電話の番号じゃあるまいし、ちゃんと正しい読みかたをしてもらいたいものだ。何とかして、その時は、しちひゃく、と言ってもらいたいのだがねえ。」

と伊馬さんは本当に、心配そうな口調である。

「しかしまた、」主人は、ひどくもったい振って意見を述べる。「もう百年あとには、しちひゃくでもないし、ななひゃくでもないし、全く別な読みかたも出来ているかも知れない。たとえば、ぬぬひゃく、とでもいう――。」

私は噴き出した。本当に馬鹿らしい。主人は、いつでも、こんな、どうだっていいような事を、まじめにお客さまと話合っているのです。センチメントのあるおかたは、ちがったものだ。私の主人は、小説を書いて生活しているのです。なまけてばかりいるので収入も心細く、その日暮しの有様です。どんなものを書いているのか、私は、主人の書いた小説は読まない事にしているので、想像もつきません。あまり上手でないようです。

おや、脱線している。こんな出鱈目《でたらめ》な調子では、とても紀元二千七百年まで残るような佳《よ》い記録を書き綴る事は出来ぬ。出直そう。

十二月八日。早朝、蒲団の中で、朝の仕度に気がせきながら、園子《そのこ》（今年六月生れの女児）に乳をやっていると、どこかのラジオが、はっきり聞えて来た。

「大本営陸海軍部発表。帝国陸海軍は今八日未明西太平洋において米英軍と戦闘状態に入れり。」

しめ切った雨戸のすきまから、まっくらな私の部屋に、光のさし込むように強くあざやかに聞えた。二度、朗々と繰り返した。それを、じっと聞いているうちに、私の人間は変ってしまった。強い光線を受けて、からだが透明になるような感じ。あるいは、聖霊の息吹《いぶ》きを受けて、つめたい花びらをいちまい胸の中に宿したような気持ち。日本も、けさから、ちがう日本になったのだ。

隣室の主人にお知らせしようと思い、あなた、と言いかけると直ぐに、

「知ってるよ。知ってるよ。」

と答えた。語気がけわしく、さすがに緊張の御様子である。いつもの朝寝坊が、けさに限って、こんなに早くからお目覚めになっているとは、不思議である。芸術家というものは、勘《かん》の強いものだそうだから、何か虫の知らせとでもいうものがあったのかも知れない。すこし感心する。けれども、それから

たいへんまずい事をおっしゃったので、マイナスになった。

「西太平洋って、どの辺だね？　サンフランシスコかね？」

私はがっかりした。主人は、どういうものだか地理の知識は皆無なのである。西も東も、わからないのではないか、とさえ思われる時がある。つい先日まで、南極が一ばん暑くて、北極が一ばん寒いと覚えていたのだそうで、その告白を聞いた時には、私は主人の人格を疑いさえしたのである。去年、佐渡へ御旅行なされて、その土産話に、佐渡の島影を汽船から望見して、満洲だと思ったそうで、実に滅茶苦茶だ。これでよく、大学なんかへ入学できたものだ。ただ、呆《あき》れるばかりである。

「西太平洋といえば、日本のほうの側の太平洋でしょう。」

と私が言うと、

「そうか。」と不機嫌そうに言い、しばらく考えて居られる御様子で、「しかし、それは初耳だった。アメリカが東で、日本が西というのは気持の悪い事じゃないか。日本は日出ずる国と言われ、また東亜とも言われているのだ。太陽は日本からだけ昇るものだとばかり僕は思っていたのだが、それじゃ駄目だ。日本が東亜でなかったというのは、不愉快な話だ。なんとかして、日本が東で、アメリカが西と言う方法は無いものか。」

おっしゃる事みな変である。主人の愛国心は、どうも極端すぎる。先日も、毛唐がどんなに威張っても、この鰹の塩辛《しおから》ばかりは嘗《な》める事が出来まい、けれども僕なら、どんな洋食だって食べてみせる、と妙な自慢をして居られた。

主人の変な呟《つぶや》きの相手にはならず、さっさと起きて雨戸をあける。いいお天気。けれども寒さは、とてもきびしく感ぜられる。昨夜、軒端《のきば》に干して置いたおむつも凍り、庭には霜が降りている。山茶花《さざんか》が凛《りん》と咲いている。静かだ。太平洋でいま戦争がはじまっているのに、と不思議な気がした。日本の国の有難さが身にしみた。

井戸端へ出て顔を洗い、それから園子のおむつの洗濯にとりかかっていたら、お隣りの奥さんも出て来られた。朝の御挨拶をして、それから私が、

「これからは大変ですわねえ。」

と戦争の事を言いかけたら、お隣りの奥さんは、つい先日から隣組長になられたので、その事かとお思いになったらしく、

「いいえ、何も出来ませんのでねえ。」

と恥ずかしそうにおっしゃったから、私はちょっと具合がわるかった。

お隣りの奥さんだって、戦争の事を思わぬわけではなかったろうけれど、それよりも隣組長の重い責任に緊張して居られるのにちがいない。なんだかお隣りの奥さんにすまないような気がして来た。本当に、之《これ》からは、隣組長もたいへんでしょう。演習の時と違うのだから、いざ空襲という時などには、その指揮の責任は重大だ。私は園子を背負って田舎に避難するような事になるかも知れない。すると主人は、あとひとり居残って、家を守るという事になるのだろうが、何も出来ない人なのだから心細い。ちっとも役に立たないかも知れない。本当に、前から私があんなに言っているのに、主人は国民服も何も、こしらえていないのだ。まさかの時には困るのじゃないかしら。不精《ぶしょう》なお方だから、私が黙って揃えて置けば、なんだこんなもの、とおっしゃりながらも、心の中ではほっとして着て下さるのだろうが、

どうも寸法が特大だから、出来合いのものを買って来ても駄目でしょう。むずかしい。

主人も今朝は、七時ごろに起きて、朝ごはんも早くすませて、それから直ぐにお仕事。今月は、こまかいお仕事が、たくさんあるらしい。朝ごはんの時、

「日本は、本当に大丈夫でしょうか。」

と私が思わず言ったら、

「大丈夫だから、やったんじゃないか。かならず勝ちます。」

と、よそゆきの言葉でお答えになった。主人の言う事は、いつも嘘ばかりで、ちっともあてにならないけれど、でも此のあらたまった言葉一つは、固く信じようと思った。

台所で後かたづけをしながら、いろいろ考えた。目色、毛色が違うという事が、之程《これほど》までに敵愾心《てきがいしん》を起させるものか。滅茶苦茶に、ぶん殴りたい。支那を相手の時とは、まるで気持がちがうのだ。本当に、此の親しい美しい日本の土を、けだものみたいに無神経なアメリカの兵隊どもが、のそのそ歩き廻るなど、考えただけでも、たまらない。此の神聖な土を、一歩でも踏んだら、お前たちの足が腐るでしょう。お前たちには、その資格が無いのです。日本の綺麗な兵隊さん、どうか、彼等を滅《め》っちゃくちゃに、やっつけて下さい。これからは私たちの家庭も、いろいろ物が足りなくて、ひどく困る事もあるでしょうが、御心配は要《い》りません。私たちは平気です。いやだなあ、という気持は、少しも起らない。こんな辛《つら》い時勢に生れて、などと悔やむ気がない。かえって、こういう世に生れて生甲斐をさえ感ぜられる。こういう世に生れて、よかった、と思う。ああ、誰かと、うんと戦争の話をしたい。やりましたわね、いよいよはじまったのねえ、なんて。

ラジオは、けさから軍歌の連続だ。一生懸命だ。つぎからつぎと、いろんな軍歌を放送して、とうとう種切れになったか、敵は幾万ありとても、などという古い古い軍歌まで飛び出して来る仕末なので、ひとりで噴き出した。放送局の無邪気さに好感を持った。私の家では、主人がひどくラジオをきらいなので、いちども設備した事はない。また私も、いままでは、そんなにラジオを欲しいと思った事は無かったのだが、でも、こんな時には、ラジオがあったらいいなあと思う。ニュウスをたくさん、たくさん聞きたい。主人に相談してみましょう。買ってもらえそうな気がする。

おひる近くなって、重大なニュウスが次々と聞えて来るので、たまらなくなって、園子を抱いて外に出て、お隣りの紅葉の木の下に立って、お隣りのラジオに耳をすました。マレー半島に奇襲上陸、香港攻撃、宣戦の大詔《たいしょう》、園子を抱きながら、涙が出て困った。家へ入って、お仕事最中の主人に、いま聞いて来たニュウスをみんなお伝えする。主人は全部、聞きとってから、

「そうか。」

と言って笑った。それから、立ち上って、また坐った。落ちつかない御様子である。

お昼少しすぎた頃、主人は、どうやら一つお仕事をまとめたようで、その原稿をお持ちになって、そそくさと外出してしまった。雑誌社に原稿を届けに行ったのだが、あの御様子では、またお帰りがおそくなるかも知れない。どうも、あんなに、そそくさと逃げるように外出した時には、たいてい御帰宅がおそいようだ。どんなにおそくても、外泊さえなさらなかったら、私は平気なんだけど。

主人をお見送りしてから、目刺《めざし》を焼いて簡単な昼食をすませて、それから園子をおんぶして駅へ買い物に出かけた。途中、亀井さんのお宅に立ち寄る。主人の田舎から林檎をたくさん送っていただいたの

で、亀井さんの悠乃《ゆの》ちゃん（五歳の可愛いお嬢さん）に差し上げようと思って、少し包んで持って行ったのだ。門のところに悠乃ちゃんが立っていた。私を見つけると、すぐにばたばたと玄関に駈け込んで、園子ちゃんが来たわよう、お母ちゃま、と呼んで下さった。園子は私の背中で、奥様や御主人に向って大いに愛想笑いをしたらしい。奥様に、可愛い可愛いと、ひどくほめられた。御主人は、ジャンパーなど召して、何やらいさましい恰好《かっこう》で玄関に出て来られたが、いままで縁の下に蓆《むしろ》を敷いて居られたのだそうで、

「どうも、縁の下を這いまわるのは敵前上陸に劣らぬ苦しみです。こんな汚い恰好で、失礼。」

とおっしゃる。縁の下に蓆などを敷いて一体、どうなさるのだろう。いざ空襲という時、這い込もうというのかしら。不思議だ。

でも亀井さんの御主人は、うちの主人と違って、本当に御家庭を愛していらっしゃるから、うらやましい。以前は、もっと愛していらっしゃったのだそうだけれど、うちの主人が近所に引越して来てからお酒を呑む事を教えたりして、少しいけなくしたらしい。奥様も、きっと、うちの主人を恨んでいらっしゃる事だろう。すまないと思う。

亀井さんの門の前には、火叩きやら、なんだか奇怪な熊手のようなものやら、すっかりととのえて用意されてある。私の家には何も無い。主人が不精だから仕様が無いのだ。

「まあ、よく御用意が出来て。」

と私が言うと、御主人は、

「ええ、なにせ隣組長ですから。」

と元気よくおっしゃる。

本当は副組長なのだけれど、組長のお方がお年寄りなので、組長の仕事を代りにやってあげているのです、と奥様が小声で訂正して下さった。亀井さんの御主人は、本当にまめで、うちの主人とは雲泥《うんでい》の差だ。

お菓子をいただいて玄関先で失礼した。

それから郵便局に行き、「新潮」の原稿料六十五円を受け取って、市場に行ってみた。相変らず、品が乏しい。やっぱり、また、烏賊《いか》と目刺を買うより他は無い。烏賊二はい、四十銭。目刺、二十銭。市場で、またラジオ。

重大なニュウスが続々と発表せられている。比島、グワム空襲。ハワイ大爆撃。米国艦隊全滅す。帝国政府声明。全身が震えて恥ずかしい程だった。みんなに感謝したかった。私が市場のラジオの前に、じっと立ちつくしていたら、二、三人の女のひとが、聞いて行きましょうと言いながら私のまわりに集って来た。二、三人が、四、五人になり、十人ちかくなった。

市場を出て主人の煙草を買いに駅の売店に行く。町の様子は、少しも変っていない。ただ、八百屋さんの前に、ラジオニュウスを書き上げた紙が貼られているだけ。店先の様子も、人の会話も、平生とあまり変っていない。この静粛が、たのもしいのだ。きょうは、お金も、すこしあるから、思い切って私の履物を買う。こんなものにも、今月からは三円以上二割の税が付くという事、ちっとも知らなかった。先月末、買えばよかった。でも、買い溜めは、あさましくて、いやだ。履物、六円六十銭。ほかにクリイム、三十五銭。封筒、三十一銭などの買い物をして帰った。

帰って暫《しばら》くすると、早大の佐藤さんが、こんど卒業と同時に入営と決定したそうで、その挨拶においでになったが、生憎《あいにく》、主人がいないのでお気の毒だった。お大事に、と私は心の底からのお辞儀をした。佐藤さんが帰られてから、すぐ、帝大の堤さんも見えられた。堤さんも、めでたく卒業なさって、徴兵検査を受けられたのだそうだが、第三乙とやらで、残念でしたと言って居られた。佐藤さんも、堤さんも、いままで髪を長く伸ばして居られたのに、綺麗さっぱりと坊主頭になって、まあほんとに学生のお方も大変なのだ、と感慨が深かった。

夕方、久し振りで今《こん》さんも、ステッキを振りながらおいで下さったが、主人が不在なので、じつにお気の毒に思った。本当に、三鷹のこんな奥まで、わざわざおいで下さるのに、主人が不在なので、またそのままお帰りにならなければならないのだ。お帰りの途々《みちみち》、どんなに、いやなお気持だろう。それを思えば、私まで暗い気持になるのだ。

夕飯の仕度にとりかかっていたら、お隣りの奥さんがおいでになって、十二月の清酒の配給券が来ましたけど、隣組九軒で一升券六枚しか無い、どうしましょうという御相談であった。順番ではどうかしらとも思ったが、九軒みんな欲しいという事で、とうとう六升を九分する事にきめて、早速、瓶《びん》を集めて伊勢元に買いに行く。私はご飯を仕掛けていたので、ゆるしてもらった。でも、ひと片付きしたので、園子をおんぶして行ってみると、向うから、隣組のお方たちが、てんでに一本二本と瓶をかかえてお帰りのところであった。私も、さっそく一本、かかえさせてもらって一緒に帰った。それからお隣りの組長さんの玄関で、酒の九等分がはじまった。九本の一升瓶をずらりと一列に並べて、よくよく分量を見較べ、同じ高さずつ分け合うのである。六升を九等分するのは、なかなか、むずかしい。

夕刊が来る。珍しく四ペエジだった。「帝国・米英に宣戦を布告す」という活字の大きいこと。だいたい、きょう聞いたラジオニュウスのとおりの事が書かれていた。でも、また、隅々まで読んで、感激をあらたにした。

ひとりで夕飯をたべて、それから園子をおんぶして銭湯に行った。ああ、園子をお湯にいれるのが、私の生活で一ばん一ばん楽しい時だ。園子は、お湯が好きで、お湯にいれると、とてもおとなしい。お湯の中では、手足をちぢこめ、抱いている私の顔を、じっと見上げている。ちょっと、不安なような気もするのだろう。よその人も、ご自分の赤ちゃんが可愛くて可愛くて、たまらない様子で、お湯にいれる時は、みんなめいめいの赤ちゃんに頬ずりしている。園子のおなかは、ぶんまわしで画いたようにまんまるで、ゴム鞠のように白く柔く、この中に小さい胃だの腸だのが、本当にちゃんとそなわっているのかしらと不思議な気さえする。そしてそのおなかの真ん中より少し下に梅の花の様なおへそが付いている。足といい、手といい、その美しいこと、可愛いこと、どうしても夢中になってしまう。どんな着物を着せようが、裸身の可愛さには及ばない。お湯からあげて着物を着せる時には、とても惜しい気がする。もっと裸身を抱いていたい。

銭湯へ行く時には、道も明るかったのに、帰る時には、もう真っ暗だった。燈火管制なのだ。もうこれは、演習でないのだ。心の異様に引きしまるのを覚える。でも、これは少し暗すぎるのではあるまいか。こんな暗い道、今まで歩いた事がない。一歩一歩、さぐるようにして進んだけれど、道は遠いのだし、途方に暮れた。あの独活《うど》の畑から杉林にさしかかるところ、それこそ真の闇で物凄かった。女学校四年生の時、野沢温泉から木島まで吹雪の中をスキイで突破した時のおそろしさを、ふいと思い出した。

あの時のリュックサックの代りに、いまは背中に園子が眠っている。園子は何も知らずに眠っている。

背後から、我が大君に召されえたあるう、と実に調子のはずれた歌をうたいながら、乱暴な足どりで歩いて来る男がある。ゴホンゴホンと二つ、特徴のある咳をしたので、私には、はっきりわかった。

「園子が難儀していますよ。」

と私が言ったら、

「なあんだ。」と大きな声で言って、「お前たちには、信仰が無いから、こんな夜道にも難儀するのだ。僕には、信仰があるから、夜道もなお白昼の如しだね。ついて来い。」

と、どんどん先に立って歩きました。

どこまで正気なのか、本当に、呆れた主人であります。

Villon no Tsuma

ヴィヨンの妻（抜粋）

二

とにかく、しかし、そんな大笑いをして、すまされる事件ではございませんでしたので、私も考え、その夜お二人に向って、それでは私が何とかしてこの後始末をする事に致しますから、警察沙汰にするのは、もう一日お待ちになって下さいまし、明日そちらさまへ、私のほうからお伺い致します、と申し上げまして、その中野のお店の場所をくわしく聞き、無理にお二人にご承諾をねがいまして、その夜はそのままでひとまず引きとっていただき、それから、寒い六畳間のまんなかに、ひとり坐って物案じいたしましたが、べつだん何のいい工夫も思い浮びませんでしたので、立って羽織を脱いで、坊やの寝ている蒲団《ふとん》にもぐり、坊やの頭を撫《な》でながら、いつまでも、いつまで経っても、夜が明けなければいい、と思いました。

私の父は以前、浅草公園の瓢箪池《ひょうたんいけ》のほとりに、おでんの屋台を出していました。母は早くなくなり、父と私と二人きりで長屋住居をしていて、屋台のほうも父と二人でやっていましたのですが、いまのあの人がときどき屋台に立ち寄って、私はそのうちに父をあざむいて、あの人と、よそで逢うようになりまして、坊やがおなかに出来ましたので、いろいろごたごたの末、どうやらあの人の女房というような形になったものの、もちろん籍も何もはいっておりませんし、坊やは、てて無し児という事になっていますし、あの人は家を出ると三晩も四晩も、いいえ、ひとつきも帰らぬ事もございまして、どこで何をしている事やら、帰る時は、いつも泥酔していて、真蒼《まっさお》な顔で、はあっはあっと、くるしそうな呼吸をして、私の顔を黙って見て、ぽろぽろ涙を流す事もあり、またいきなり、私の寝ている蒲団にもぐり込んで来て、私のからだを固く抱きしめて、

「ああ、いかん。こわいんだ。こわいんだよ、僕は。こわい！　たすけてくれ！」

などと言いまして、がたがた震えている事もあり、眠ってからも、うわごとを言うやら、呻《うめ》くやら、そうして翌《あく》る朝は、魂の抜けた人みたいにぼんやりして、そのうちにふっといなくなり、それっきりまた三晩も四晩も帰らず、古くからの夫の知合いの出版のほうのお方が二、三人、そのひとたちが私と坊やの身を案じて下さって、時たまお金を持って来てくれますので、どうやら私たちも飢え死にせずにきょうまで暮してまいりましたのです。

とろとろと、眠りかけて、ふと眼をあけると、雨戸のすきまから、朝の光線がさし込んでいるのに気付いて、起きて身支度をして坊やを脊負い、外に出ました。もうとても黙って家の中におられない気持でした。

どこへ行こうというあてもなく、駅のほうに歩いて行って、駅の前の露店で飴《あめ》を買い、坊やにしゃぶらせて、それから、ふと思いついて吉祥寺までの切符を買って電車に乗り、吊皮《つりかわ》にぶらさがって何気なく電車の天井にぶらさがっているポスターを見ますと、夫の名が出ていました。それは雑誌の広告で、夫はその雑誌に「フランソワ・ヴィヨン」という題の長い論文を発表している様子でした。私はそのフランソワ・ヴィヨンという題と夫の名前を見つめているうちに、なぜだかわかりませぬけれども、とてもつらい涙がわいて出て、ポスターが霞んで見えなくなりました。

吉祥寺で降りて、本当にもう何年振りかで井の頭公園に歩いて行って見ました。池のはたの杉の木が、すっかり伐《き》り払われて、何かこれから工事でもはじめられる土地みたいに、へんにむき出しの寒々した感じで、昔とすっかり変っていました。

坊やを背中からおろして、池のはたのこわれかかったベンチに二人ならんで腰をかけ、家から持って来たおいもを坊やに食べさせました。

「坊や。綺麗《きれい》なお池でしょ？　昔はね、このお池に鯉トトや金トトが、たくさんたくさんいたのだけれども、いまはなんにも、いないわねえ。つまんないねえ。」

坊やは、何と思ったのか、おいもを口の中に一ぱい頬張ったまま、けけ、と妙に笑いました。わが子ながら、ほとんど阿呆の感じでした。

その池のはたのベンチにいつまでいたって、何のらちのあく事では無し、私はまた坊やを背負って、ぶらぶら吉祥寺の駅のほうへ引返し、にぎやかな露店街を見て廻って、それから、駅で中野行きの切符を買い、何の思慮も計画も無く、謂わばおそろしい魔の淵にするすると吸い寄せられるように、電車に乗って中野で降りて、きのう教えられたとおりの道筋を歩いて行って、あの人たちの小料理屋の前にたどりつきました。

　表の戸は、あきませんでしたので、裏へまわって勝手口からはいりました。ご亭主さんはいなくて、おかみさんひとり、お店の掃除をしていました。おかみさんと顔が合ったとたんに私は、自分でも思いがけなかった嘘をすらすらと言いました。

「あの、おばさん、お金は私が綺麗におかえし出来そうですの。今晩か、でなければ、あした、とにかく、はっきり見込みがついたのですから、もうご心配なさらないで。」

「おや、まあ、それはどうも。」

　と言って、おかみさんは、ちょっとうれしそうな顔をしましたが、それでも何か腑《ふ》に落ちないような不安な影がその顔のどこやらに残っていました。

「おばさん、本当よ。かくじつに、ここへ持って来てくれるひとがあるのよ。それまで私は、人質になって、ここにずっといる事になっていますの。それなら、安心でしょう？　お金が来るまで、私はお店のお手伝いでもさせていただくわ。」

　私は坊やを背中からおろし、奥の六畳間にひとりで遊ばせて置いて、くるくると立ち働いて見せました。


（一、二の後半、三省略）

Osan

おさん

一

たましいの、抜けたひとのように、足音も無く玄関から出て行きます。私はお勝手で夕食の後仕末をしながら、すっとその気配を背中に感じ、お皿を取落すほど淋《さび》しく、思わず溜息《ためいき》をついて、すこし伸びあがってお勝手の格子《こうし》窓《まど》から外を見ますと、かぼちゃの蔓《つる》のうねりくねってからみついている生垣に沿った小路を夫が、洗いざらしの白浴衣に細い兵古帯《へこおび》をぐるぐる巻きにして、夏の夕闇に浮いてふわふわ、ほとんど幽霊のような、とてもこの世に生きているものではないような、情無い悲しいうしろ姿を見せて歩いて行きます。

「お父さまは?」

庭で遊んでいた七つの長女が、お勝手口のバケツで足を洗いながら、無心に私にたずねます。この子は、母よりも父のほうをよけいに慕《した》っていて、毎晩六畳に父と蒲団を並べ、一つ蚊帳《かや》に寝ているのです。

「お寺へ。」

口から出まかせに、いい加減の返事をして、そうして、言ってしまってから、何だかとんでも無い不吉な事を言ったような気がして、肌寒くなりました。

「お寺へ？　何しに？」

「お盆でしょう？　だから、お父さまが、お寺まいりに行ったの。」

嘘が不思議なくらい、すらすらと出ました。本当にその日は、お盆の十三日でした。よその女の子は、綺麗な着物を着て、そのお家の門口に出て、お得意そうに長い袂《たもと》をひらひらさせて遊んでいるのに、うちの子供たちは、いい着物を戦争中に皆焼いてしまったので、お盆でも、ふだんの日と変らず粗末な洋服を着ているのです。

「そう？　早く帰って来るかしら。」

「さあ、どうでしょうね。マサ子が、おとなしくしていたら、早くお帰りになるかも知れないわ。」

とは言ったが、しかし、あのご様子では、今夜も外泊にきまっています。

マサ子はお勝手にあがって、それから三畳間へ行き、三畳間の窓縁《まどべり》に淋しそうに腰かけて外を眺め、

「お母さま、マサ子のお豆に花が咲いているわ。」

と呟《つぶや》くのを聞いて、いじらしさに、つい涙ぐみ、

「どれどれ、あら、ほんとう。いまに、お豆がたくさん生《な》るわよ。」

玄関のわきに、十坪くらいの畑地があって、以前は私がそこへいろいろ野菜を植えていたのだけれど

も、子供が三人になって、とても畑のほうにまで手がまわらず、また夫も、昔は私の畑仕事にときどき手伝って下さったものなのに、ちか頃はてんで、うちの事にかまわず、お隣りの畑などは旦那さまがきれいに手入れなさって、さまざまのお野菜がたくさん見事に出来ていて、うちの畑はそれに較べるとはかなく恥かしくただ雑草ばかり生えしげって、マサ子が配給のお豆を一粒、土にうずめて水をかけ、それがひょいと芽を出して、おもちゃも何も持っていないマサ子にとって、それが唯一のご自慢の財産で、お隣りへ遊びに行っても、うちのお豆、うちのお豆、とはにかまずに吹聴《ふいちょう》している様子なのです。

おちぶれ。わびしさ。いいえ、それはもう、いまの日本では、私たちに限った事でなく、殊《こと》にこの東京に住んでいる人たちは、どちらを見ても、元気が無くおちぶれた感じで、ひどく大儀そうにのろのろと動き廻っていて、私たちも持物全部を焼いてしまって、事毎に身のおちぶれを感ずるけれども、しかし、いま苦しいのは、そんな事よりも、さらにさし迫った、この世のひとの妻として、何よりもつらい或る事なのです。

私の夫は、神田の、かなり有名な或る雑誌社に十年ちかく勤めていました。そうして八年前に私と、平凡な見合い結婚をして、もうその頃から既にそろそろ東京では貸家が少くなり、中央線に沿った郊外の、しかも畑の中の一軒家みたいな、この小さい貸家をやっと捜し当て、それから大戦争まで、ずっとここに住んでいたのです。

夫はからだが弱いので、召集からも徴用からものがれ、無事に毎日、雑誌社に通勤していたのですが、戦争がはげしくなって、私たちの住んでいるこの郊外の町に、飛行機の製作工場などがあるおかげで、家のすぐ近くにもひんぴんと爆弾が降って来て、とうとう或る夜、裏の竹藪に一弾が落ちて、そのためにお勝手とお便所と三畳間が滅茶々々になり、とても親子四人（その頃はマサ子の他に、長男の義太郎も生れていました）その半壊の家に住みつづける事が出来なくなりましたので、私と二人の子供は、私の里の青森市へ疎開する事になり、夫はひとり半壊の家の六畳間に寝起きして、相変らず雑誌社に通勤し続ける事にしました。

けれども、私たちが青森市に疎開して、四箇月も経たぬうちに、かえって青森市が空襲を受けて全焼し、私たちがたいへんな苦労をして青森市へ持ち運んだ荷物全部を焼失してしまい、それこそ着のみ着のままのみじめな姿で、青森市の焼け残った知合いの家へ行って、地獄の夢を見ている思いでただまごついて、十日ほどやっかいになっているうちに、日本の無条件降伏という事になり、私は夫のいる東京が恋いしくて、二人の子供を連れ、ほとんど乞食《こじき》の姿でまたもや東京に舞い戻り、他に移り住む家も無いので、半壊の家を大工にたのんで大ざっぱな修理をしてもらって、どうやらまた以前のような、親子四人の水いらずの生活にかえり、少し、ほっとしたら、夫の身の上が変って来ました。

雑誌社は罹災《りさい》し、その上、社の重役の間に資本の事でごたごたが起ったとやらで、社は解散になり、夫はたちまち失業者という事になりましたが、しかし、永年雑誌社に勤めて、その方面で知合いのお方たちがたくさんございますので、そのうちの有力らしいお方たちと資本を出し合い、あたらしく出版社を起して、二、三種類の本を出版した様子でした。けれども、その出版の仕事も、紙の買入れ方をしくじったとかで、かなりの欠損になり、夫も多額の借金を背負い、その後仕末のために、ぼんやり毎日、家を出て、夕方くたびれ切ったような姿で帰宅し、以前から無口のお方でありましたが、その頃からいっそう、むっつり押し黙って、そうして出版の欠損の穴埋めが、どうやら出来て、それからはもう何の仕事をする気力も失ってしまったようで、けれども、一日中うちにいらっしゃるというわけでもなく、何か考え、縁側にのっそり立って、煙草を吸いながら、遠い地平線のほうをいつまでも見ていらして、ああ、またはじまった、と私がはらはらしていますと、はたして、思いあまったような深い溜息をついて吸いかけの煙草を庭にぽんと捨て、机の引出しから財布を取って懐にいれ、そうして、あの、たましいの抜けたひとみたいな、足音の無い歩き方で、そっと玄関から出て行って、その晩はたいていお帰りになりません。

よい夫、やさしい夫でした。お酒は、日本酒なら一合、ビイルなら一本やっとくらいのところで、煙草は吸いますが、それも配給の煙草で間に合う程度で、結婚してもう十年ちかくなるのに、その間いちども私をぶったり、また口汚くののしったりなさった事はありませんでした。たったいちど、夫のところへお客様がおいでになっていた時、いまのマサ子が三つくらいの頃でしたかしら、お客様のところへ這って行き、お客様のお茶をこぼしたとやらで、私を呼んだらしいのに、私はお勝手でばたばた七輪を煽《あお》いでいたので聞えず、返事をしなかったら、夫は、その時だけは、ものすごい顔をしてマサ子を抱いてお勝手へ来て、マサ子を板の間におろして、それから、殺気立った眼つきで私をにらみ、しばらく棒立ちになっていらして、一ことも何もおっしゃらず、やがてくるりと私に背を向けてお部屋のほうへ行き、ピシャリ、と私の骨のずいまで響くような、実にするどい強い音を立てて、お部屋の襖《ふすま》をしめましたので、私は男のおそろしさに震い上りました。夫から怒られた記憶は、本当に、たったそれ一つだけで、このたびの戦争のために私もいろいろ人並の苦労は致しましたけれども、それでも、夫の優しさを思えば、この八年間、私は仕合せ者であったと言いたくなるのです。

（変ったお方になってしまった。いったい、いつ頃から、あの事がはじまったのだろう。疎開先の青森から引き上げて来て、四箇月振りで夫と逢った時、夫の笑顔がどこやら卑屈で、そうして、私の視線を避けるような、おどおどしたお態度で、私はただそれを、不自由なひとり暮しのために、おやつれになった、とだけ感じて、いたいたしく思ったものだが、或いはあの四箇月の間に、ああ、もう何も考えまい、考えると、考えるだけ苦しみの泥沼に深く落ち込むばかりだ。）

どうせお帰りにならない夫の蒲団を、マサ子の蒲団と並べて敷いて、それから蚊帳を吊りながら、私は悲しく、くるしゅうございました。

二

翌る日のお昼すこし前に、私が玄関の傍の井戸端で、ことしの春に生れた次女のトシ子のおむつを洗濯していたら、夫がどろぼうのような日蔭者くさい顔つきをして、こそこそやって来て、私を見て、黙ってひょいと頭をさげて、つまずいて、つんのめりながら玄関にはいって行きました。妻の私に、思わず頭をさげるなど、ああ、夫も、くるしいのだろう、と思ったら、いじらしさに胸が一ぱいになり、とても洗濯をつづける事が出来なくて、立って私も夫の後を追って家へはいり、

「暑かったでしょう？　はだかになったら？　けさ、お盆の特配で、ビイルが二本配給になったの。ひやして置きましたけど、お飲みになりますか？」

夫はおどおどして気弱く笑い、

「そいつは、凄《すご》いね。」

と声さえかすれて、

「お母さんと一本ずつ飲みましょうか。」

見え透いた、下手なお世辞みたいな事まで言うのでした。

「お相手をしますわ。」

私の死んだ父が大酒家で、そのせいか私は、夫よりもお酒が強いくらいなのです。結婚したばかりの頃、夫と二人で新宿を歩いて、おでんやなどにはいり、お酒を飲んでも、夫はすぐ真赤になってだめになりますが、私は一向になんとも無く、ただすこし、どういうわけか耳鳴りみたいなものを感ずるだけでした。

三畳間で、子供たちは、ごはん、夫は、はだかで、そうして濡れ手拭いを肩にかぶせて、ビイル、私はコップ一ぱいだけ付き合わせていただいて、あとはもったいないので遠慮して、次女のトシ子を抱いておっぱいをやり、うわべは平和な一家団欒《だんらん》の図でしたが、やはり気まずく、夫は私の視線を避けてばかりいますし、また私も、夫の痛いところにさわらないよう話題を細心に選択しなければならず、どうしても話がはずみません。長女のマサ子も、長男の義太郎も、何か両親のそんな気持のこだわりを敏感に察するものらしく、ひどくおとなしく代用食の蒸《むし》パンをズルチンの紅茶にひたしてたべています。

「昼の酒は、酔うねえ。」

「あら、ほんとう、からだじゅう、まっかですわ。」

その時ちらと、私は、見ました。夫の顎の下に、むらさき色の蛾《が》が一匹へばりついていて、いいえ、蛾ではありません、結婚したばかりの頃、私にも、その、覚えがあったので、蛾の形のあざをちらと見て、はっとして、と同時に夫も、私に気づかれたのを知ったらしく、どぎまぎして、肩にかけている濡れ手拭いの端で、そのかまれた跡を不器用におおいかくし、はじめからその蛾の形をごまかすために濡れ手拭いなど肩にかけていたのだという事もわかりましたが、しかし、私はなんにも気付かぬふりを仕様と、ずいぶん努力して、

「マサ子も、お父さまとご一緒だと、パンパがおいしいようね。」

と冗談めかして言ってみましたが、何だかそれも夫への皮肉みたいに響いて、かえってへんに白々しくなり、私の苦しさも極度に達して来た時、突然、お隣りのラジオがフランスの国歌をはじめまして、夫はそれに耳を傾け、

「ああ、そうか、きょうは巴里祭だ。」

とひとりごとのようにおっしゃって、幽《かす》かに笑い、それから、マサ子と私に半々に言い聞かせるように、

「七月十四日、この日はね、革命、……」

と言いかけて、ふっと言葉がとぎれて、見ると、夫は口をゆがめ、眼に涙が光って、泣きたいのをこらえている顔でした。それから、ほとんど涙声になって、

「バスチーユのね、牢獄を攻撃してね、民衆がね、あちらからもこちらからも立ち上って、それ以来、フランスの、春こうろうの花の宴が永遠に、永遠にだよ、永遠に失われる事になったのだけどね、でも、破壊しなければいけなかったんだ、永遠に新秩序の、新道徳の再建が出来ない事がわかっていながらも、それでも、破壊しなければいけなかったんだ、革命いまだ成らず、と孫文《そんぶん》が言って死んだそうだけれど

も、革命の完成というものは、永遠に出来ない事かも知れない、しかし、それでも革命を起さなければいけないんだ、革命の本質というものはそんな具合いに、かなしくて、美しいものなんだ、そんな事をしたって何になると言ったって、そのかなしさと、美しさと、それから、愛、……」

フランスの国歌は、なおつづき、夫は話しながら泣いてしまって、それから、てれくさそうに、無理にふふんと笑って見せて、

「こりゃ、どうも、お父さんは泣き上戸《じょうご》らしいぞ。」

と言い、顔をそむけて立ち、お勝手へ行って水で顔を洗いながら、

「どうも、いかん。酔いすぎた。フランス革命で泣いちゃった。すこし寝るよ。」

とおっしゃって、六畳間へ行き、それっきりひっそりとなってしまいましたが、身をもんで忍び泣いているに違いございません。

夫は、革命のために泣いたのではありません。いいえ、でも、フランスに於ける革命は、家庭に於ける恋と、よく似ているのかも知れません。かなしくて美しいものの為に、フランスのロマンチックな王朝をも、また平和な家庭をも、破壊しなければならないつらさ、その夫のつらさは、よくわかるけれども、しかし、私だって夫に恋をしているのだ、あの、昔の紙治《かみじ》のおさんではないけれども、

女房のふところには

鬼が棲《す》むか

あああ

蛇《じゃ》が棲むか

とかいうような悲歎には、革命思想も破壊思想も、なんの縁もゆかりも無いような顔で素通りして、そうして女房ひとりは取り残され、いつまでも同じ場所で同じ姿でわびしい溜息ばかりついていて、いったい、これはどうなる事なのでしょうか、運を天にゆだね、ただ夫の恋の風の向きの変るのを祈って、忍従していなければならぬ事なのでしょうか。子供が三人もあるのです。子供のためにも、いまさら夫と、わかれる事もなりませぬ。

二夜くらいつづけて外泊すると、さすがに夫も、一夜は自分のうちに寝ます。夕食がすんでから夫は、子供たちと縁側で遊び、子供たちにさえ卑屈なおあいそみたいな事を言い、ことし生れた一ばん下の女の子をへたな手つきで抱き上げて、

「ふとっていまチねえ、べっぴんちゃんでチねえ。」

とほめて、私がつい何の気なしに、

「可愛いでしょう? 子供を見てると、ながいきしたいとお思いにならない?」

と言ったら、夫は急に妙な顔になって、

「うむ。」

と苦しそうな返事をなさったので、私は、はっとして、冷汗の出る思いでした。

うちで寝る時は、夫は、八時頃にもう、六畳間にご自分の蒲団とマサ子の蒲団を敷いて蚊帳を吊り、もすこしお父さまと遊んでいたいらしいマサ子の服を無理にぬがせてお寝巻に着換えさせてやって寝かせ、ご自分もおやすみになって電燈を消し、それっきりなのです。

私は隣りの四畳半に長男と次女を寝かせ、それから十一時頃まで針仕事をして、それから蚊帳を吊っ

て長男と次女の間に「川」の字ではなく「小」の字になってやすみます。ねむられないのです。隣室の夫も、ねむられない様子で、溜息が聞え、私も思わず溜息をつき、また、あのおさんの、

女房のふところには
鬼が棲むか
あああ
蛇が棲むか

とかいう嘆きの歌が思い出され、夫が起きて私の部屋へやって来て、私はからだを固くしましたが、夫は、

「あの、睡眠剤が無かったかしら。」

「ございましたけど、あたし、ゆうべ飲んでしまいましたわ。ちっとも、ききませんでしたの。」

「飲みすぎるとかえってきかないんです。六錠くらいがちょうどいいんです。」

不機嫌そうな声でした。

三

毎日、毎日、暑い日が続きました。私は、暑さと、それから心配のために、食べものが喉《のど》をとおらぬ思いで、頬の骨が目立って来て、赤ん坊にあげるおっぱいの出もほそくなり、夫も、食《しょく》がちっともすすまぬ様子で、眼が落ちくぼんで、ぎらぎらとおそろしく光って、或る時、ふふんとご自分をあざけり笑

うような笑い方をして、

「いっそ発狂しちゃったら、気が楽だ。」

と言いました。

「あたしも、そうよ。」

「正しいひとは、苦しい筈が無い。つくづく僕は感心する事があるんだ。どうして、君たちは、そんなにまじめで、まっとうなんだろうね。世の中を立派に生きとおすように生れついた人と、そうでない人と、はじめからはっきり区別がついているんじゃないかしら。」

「いいえ、鈍感なんですのよ、あたしなんかは。ただ、……」

「ただ？」

夫は、本当に狂ったひとのような、へんな目つきで私の顔を見ました。私は口ごもり、ああ、言えない、具体的な事は、おそろしくて、何も言えない。

「ただね、あなたがお苦しそうだと、あたしも苦しいの。」

「なんだ、つまらない。」

と、夫は、ほっとしたように微笑《ほほえ》んでそう言いました。

その時、ふっと私は、久方振りで、涼しい幸福感を味わいました。（そうなんだ、夫の気持を楽にしてあげたら、私の気持も楽になるんだ。道徳も何もありやしない、気持が楽になれば、それでいいんだ。）

その夜おそく、私は夫の蚊帳にはいって行って、

「いいのよ、いいのよ。なんとも思ってやしないわよ。」

と言って、倒れますと、夫はかすれた声で、

「エキスキュウズ、ミイ。」

と冗談めかして言って、起きて、床の上にあぐらをかき、

「ドンマイ、ドンマイ。」

夏の月が、その夜は満月でしたが、その月光が雨戸の破れ目から細い銀線になって四、五本、蚊帳の中にさし込んで来て、夫の痩《や》せたはだかの胸に当っていました。

「でも、お痩せになりましたわ。」

私も、笑って、冗談めかしてそう言って、床の上に起き直りました。

「君だって、痩せたようだぜ。余計な心配をするから、そうなります。」

「いいえ、だからそう言ったじゃないの。なんとも思ってやしないわよ、って。いいのよ、あたしは利巧なんですから。ただね、時々は、でえじにしてくんな。」

と言って私が笑うと、夫も月光を浴びた白い歯を見せて笑いました。私の小さい頃に死んだ私の里の祖父母は、よく夫婦喧嘩をして、そのたんびに、おばあさんが、でえじにしてくんな、とおじいさんに言い、私は子供心にもおかしくて、結婚してから夫にもその事を知らせて、二人で大笑いしたものでした。

私がその時それを言ったら、夫はやはり笑いましたが、しかし、すぐにまじめな顔になって、

「大事にしているつもりなんだがね。風にも当てず、大事にしているつもりなんだ。君は、本当にいい

ひとなんだ。つまらない事を気にかけず、ちゃんとプライドを持って、落ちついていなさいよ。僕はいつでも、君の事ばかり思っているんだ。その点に就いては、君は、どんなに自信を持っていても、持ちすぎるという事は無いんだ。」

といやにあらたまったみたいな、興ざめた事を言い出すので、私はひどく恰好《かっこう》が悪くなり、

「でも、あなた、お変りになったわよ。」

と顔を伏せて小声で言いました。

(私は、あなたに、いっそ思われていないほうが、あなたにきらわれ、憎まれていたほうが、かえって気持がさっぱりしてたすかるのです。私の事をそれほど思って下さりながら、他のひとを抱きしめているあなたの姿が、私を地獄につき落してしまうのです。

男のひとは、妻をいつも思っている事が道徳的だと感ちがいしているのではないでしょうか。他にすきなひとが出来ても、おのれの妻を忘れないというのは、いい事だ、良心的だ、男はつねにそのようでなければならない、とでも思い込んでいるのではないでしょうか。そうして、他のひとを愛しはじめると、妻の前で憂鬱な溜息などついて見せて、道徳の煩悶《はんもん》とかをはじめて、おかげで妻のほうも、その夫の陰気くささに感染して、こっちも溜息、もし夫が平気で快活にしていたら、妻だって、地獄の思いをせずにすむのです。ひとを愛するなら、妻を全く忘れて、あっさり無心に愛してやって下さい。)

夫は、力無い声で笑い、

「変るもんか。変りやしないさ。ただもうこの頃は暑いんだ。暑くてかなわない。夏は、どうも、エキスキュウズ、ミイだ。」

とりつくしまも無いので、私も、少し笑い、

「にくいひと。」

と言って、夫をぶつ真似をして、さっと蚊帳から出て、私の部屋の蚊帳にはいり、長男と次女のあいだに「小」の字の形になって寝るのでした。

でも、私は、それだけでも夫に甘えて、話をして笑い合う事が出来たのがうれしく、胸のしこりも、少し溶けたような気持で、その夜は、久しぶりに朝まで寝ぐるしい思いをせずにとろとろと眠れました。

これからは、何でもこの調子で、軽く夫に甘えて、冗談を言い、ごまかしだって何だってかまわない、正しい態度で無くったってかまわない、そんな、道徳なんてどうだっていい、ただ少しでも、しばらくでも、気持の楽な生き方をしたい、一時間でも二時間でもたのしかったらそれでいいのだ、という考えに変って、夫をつねったりして、家の中に高い笑い声もしばしば起るようになった矢先、或る朝だしぬけに夫は、温泉に行きたいと言い出しました。

「頭がいたくてね、暑気《しょき》に負けたのだろう。信州のあの温泉、あのちかくには知ってる人もいるし、いつでもおいで、お米持参の心配はいらない、とその人が言っているんだ。二、三週間、静養して来たい。このままだと、僕は、気が狂いそうだ。とにかく、東京から逃げたいんだ。」

そのひとから逃げたくなって、旅に出るのかしら、とふと私は考えました。

「お留守のあいだに、ピストル強盗がはいったら、どうしよう。」

と私は笑いながら、(ああ、悲しいひとたちは、よく笑う)そう言いますと、

「強盗に申し上げたらいいさ、あたしの亭主は気違いですよ、って。ピストル強盗も、気違いには、か

て、あちこち捜しましたが、見当りませんでした。

旅に反対する理由もありませんでしたので、私は夫のよそゆきの麻の夏服を押入から取り出そうとして、あちこち捜しましたが、見当りませんでした。

私は青白くなった気持で、

「無いわ。どうしたのでしょう。空巣にはいられたのかしら。」

「売ったんだ。」

夫は泣きべそに似た笑い顔をつくって、そう言いました。

私は、ぎょっとしましたが、しいて平気を装って、

「まあ、素早い。」

「そこが、ピストル強盗よりも凄いところさ。」

その女のひとのために、内緒でお金の要る事があったのに違いないと私は思いました。

「それじゃ、何を着ていらっしゃるの?」

「開襟《かいきん》シャツ一枚でいいよ。」

朝に言い出し、お昼にはもう出発という事になりました。一刻も早く、家から出て行きたい様子でしたが、炎天つづきの東京にめずらしくその日、俄雨《にわかあめ》があり、夫は、リュックを背負い靴をはいて、玄関の式台に腰をおろし、とてもいらいらしているように顔をしかめながら、雨のやむのを待ち、ふいと一言、

「さるすべりは、これは、一年置きに咲くものかしら。」

と呟きました。

玄関の前の百日紅《さるすべり》は、ことしは花が咲きませんでした。

「そうなんでしょうね。」

私もぼんやり答えました。

それが、夫と交した最後の夫婦らしい親しい会話でございました。

雨がやんで、夫は逃げるようにそそくさと出かけ、それから三日後に、あの諏訪湖心中の記事が新聞に小さく出ました。

それから、諏訪の宿から出した夫の手紙も私は、受取りました。

「自分がこの女の人と死ぬのは、恋のためではない。自分は、ジャーナリストである。ジャーナリストは、人に革命やら破壊やらをそそのかして置きながら、いつも自分はするりとそこから逃げて汗などを拭いている。実に奇怪な生き物である。現代の悪魔である。自分はその自己嫌悪に堪えかねて、みずから、革命家の十字架にのぼる決心をしたのである。ジャーナリストの醜聞《しゅうぶん》。それはかつて例の無かった事ではあるまいか。自分の死が、現代の悪魔を少しでも赤面させ反省させる事に役立ったら、うれしい。」

などと、本当につまらない馬鹿げた事が、その手紙に書かれていました。男の人って、死ぬる際《きわ》まで、こんなにもったい振って意義だの何だのにこだわり、見栄《みえ》を張って嘘をついていなければならないのかしら。

夫のお友達の方から伺ったところに依ると、その女のひとは、夫の以前の勤め先の、神田の雑誌社の二十八歳の女記者で、私が青森に疎開していたあいだに、この家へ泊りに来たりしていたそうで、嫉妬とか何とか、まあ、たったそれくらいの事で、革命だの何だのと大騒ぎして、そうして、死ぬなんて、私は夫をつくづく、だめな人だと思いました。

革命は、ひとが楽に生きるために行うものです。悲壮な顔の革命家を、私は信用いたしません。夫はどうしてその女のひとを、もっと公然とたのしく愛して、妻の私までたのしくなるように愛してやる事が出来なかったのでしょう。地獄の思いの恋などは、ご当人の苦しさも格別でしょうが、だいいち、はためいわくです。

気の持ち方を、軽くくるりと変えるのが真の革命で、それさえ出来たら、何のむずかしい問題もない筈です。自分の妻に対する気持一つ変える事が出来ず、革命の十字架もすさまじいと、三人の子供を連れて、夫の死骸を引取りに諏訪へ行く汽車の中で、悲しみとか怒りとかいう思いよりも、呆れかえった馬鹿々々しさに身悶《みもだ》えしました。

Kyouou fujin

饗応夫人（抜粋）

奥さまは、もとからお客に何かと世話を焼き、ごちそうするのが好きなほうでしたが、いいえ、でも、奥さまの場合、お客をすきというよりは、お客におびえている、とでも言いたいくらいで、玄関のベルが鳴り、まず私が取次ぎに出まして、それからお客のお名前を告げに奥さまのお部屋へまいりますと、奥さまはもう既に、鷲《わし》の羽音を聞いて飛び立つ一瞬前の小鳥のような感じの異様に緊張の顔つきをしていらして、おくれ毛を掻き上げ襟《えり》もとを直し腰を浮かせて私の話を半分も聞かぬうちに立って廊下に出て小走りに走って、玄関に行き、たちまち、泣くような笑うような笛の音に似た不思議な声を挙げてお客を迎え、それからはもう錯乱したひとみたいに眼つきをかえて、客間とお勝手のあいだを走り狂い、お鍋をひっくりかえしたりお皿をわったり、すみませんねえ、すみませんねえ、と女中の私におわびを言い、そうしてお客のお帰りになった後は、呆然《ぼうぜん》として客間にひとりでぐったり横坐りに坐ったまま、後片づけも何もなさらず、たまには、涙ぐんでいる事さえありました。

ここのご主人は、本郷の大学の先生をしていらして、生れたお家もお金持ちなんだそうで、その上、奥さまのお里も、福島県の豪農とやらで、お子さんの無いせいもございましょうが、ご夫婦ともまるで子供みたいな苦労知らずの、のんびりしたところがありました。私がこの家へお手伝いにあがったのは、まだ戦争さいちゅうの四年前で、それから半年ほど経《た》って、ご主人は第二国民兵の弱そうなおからだでしたのに、突然、召集されて運が悪くすぐ南洋の島へ連れて行かれてしまった様子で、ほどなく戦争が終っても、消息不明で、その時の部隊長から奥さまへ、或いはあきらめていただかなければならぬかも知れぬ、という意味の簡単な葉書がまいりまして、それから奥さまのお客の接待も、いよいよ物狂おしく、お気の毒で見ておれないくらいになりました。

あの、笹島《ささじま》先生がこの家へあらわれる迄はそれでも、奥さまの交際は、ご主人の御親戚とか奥さまの身内とかいうお方たちに限られ、ご主人が南洋の島においでになった後でも、生活のほうは、奥さまのお里から充分の仕送りもあって、わりに気楽で、物静かな、謂わばお上品なくらしでございましたのに、あの、笹島先生などが見えるようになってから、滅茶苦茶になりました。

この土地は、東京の郊外には違いありませんが、でも、都心から割に近くて、さいわい戦災からものがれる事が出来ましたので、都心で焼け出された人たちは、それこそ洪水のようにこの辺にはいり込み、商店街を歩いても、行き合う人の顔触れがすっかり全部、変ってしまった感じでした。

昨年の暮、でしたかしら、奥さまが十年振りとかで、ご主人のお友達の笹島先生に、マーケットでお逢いしたとかで、うちへご案内していらしたのが、運のつきでした。

笹島先生は、ここのご主人と同様の四十歳前後のお方で、やはりここのご主人の勤めていらした本郷の大学の先生をしていらっしゃるのだそうで、でも、ここのご主人は文学士なのに、笹島先生は医学士で、なんでも中学校時代に同級生だったとか、それから、ここのご主人がいまのこの家をおつくりになる前に奥さまと駒込のアパートにちょっとの間住んでいらして、その折、笹島先生は独身で同じアパートに住んでいたので、それで、ほんのわずかの間ながら親交があって、ご主人がこちらへお移りになってからは、やはりご研究の畑がちがうせいもございますのか、お互いお家を訪問し合う事も無く、それっきりのお付き合いになってしまって、それ以来、十何年とか経って、偶然、このまちのマーケットで、ここの奥さまを見つけて、声をかけたのだそうです。呼びかけられて、ここの奥さまもまた、ただ挨拶だけにして別れたらよいのに、本当に、よせばよいのに、れいの持ち前の歓待癖を出して、うちはすぐそこですから、まあ、どうぞ、いいじゃありませんか、など引きとめたくも無いのに、お客をおそれてかえって逆上して必死で引きとめた様子で、笹島先生は、二重廻しに買物籠、というへんな恰好《かっこう》で、この家へやって来られて、

「やあ、たいへん結構な住居《すまい》じゃないか。戦災をまぬかれたとは、悪運つよしだ。同居人がいないのかね。それはどうも、ぜいたくすぎるね。いや、もっとも、女ばかりの家庭で、しかもこんなにきちんとお掃除の行きとどいている家には、かえって同居をたのみにくいものだ。同居させてもらっても窮屈だろうからね。しかし、奥さんが、こんなに近くに住んでいるとは思わなかった。お家がM町とは聞いていたけど、しかし、人間て、まが抜けているものですね、僕はこっちへ流れて来て、もう一年ちかくなるのに、全然ここの標札に気がつかなかった。この家の前を、よく通るんですがね、マーケットに買い物に行く時は、かならず、ここの路をとおるんですよ。いや、僕もこんどの戦争では、ひどいめに遭い

ましてね、結婚してすぐ召集されて、やっと帰ってみると家は綺麗に焼かれて、女房は留守中に生れた男の子と一緒に千葉県の女房の実家に避難していて、東京に呼び戻したくても住む家が無い、という現状ですからね、やむを得ず僕ひとり、そこの雑貨店の奥の三畳間を借りて自炊生活ですよ、今夜は、ひとつ鳥鍋でも作って大ざけでも飲んでみようかと思って、こんな買物籠などぶらさげてマーケットをうろついていたというわけなんだが、やけくそですよ、もうこうなればね。自分でも生きているんだか死んでいるんだか、わかりやしない。」

客間に大あぐらをかいて、ご自分の事ばかり言っていらっしゃいます。

「お気の毒に。」

と奥さまは、おっしゃって、もう、はや、れいの逆上の饗応癖がはじまり、目つきをかえてお勝手へ小走りに走って来られて、

「ウメちゃん、すみません。」

と私にあやまって、それから鳥鍋の仕度とお酒の準備を言いつけ、それからまた身をひるがえして客間へ飛んで行き、と思うとすぐにまたお勝手へ駈け戻って来て火をおこすやら、お茶道具を出すやら、いかにまいどの事とは言いながら、その興奮と緊張とあわて加減は、いじらしいのを通りこして、にがにがしい感じさえするのでした。

（以下省略）

第二章

三鷹という街を書く太宰治（作品解説）

「鷗」——散歩とぬかるみ

宮川健郎

昭和一四（一九三九）年九月、太宰治は、山梨県甲府市から東京府北多摩郡三鷹村下連雀に移り住む。その年の一月に井伏鱒二宅で挙式をした妻、津島美知子がのちに著した『回想の太宰治』（昭和五三年）には、こう記されている。

六畳四畳半三畳の三部屋に、玄関、縁側、風呂場がついた十二坪半ほどの小さな借家ではあるが、新築なのと、日当たりのよいことが取柄であった。

昭和一六年の作品「東京八景」には、「毎日、武蔵野の夕陽は、大きい。ぶるぶる煮えたぎって落ちている。」とあるが、当時のこのあたりは、どんなようすだったのだろう。『回想の太宰治』には、つぎのようにも書かれている。

三鷹での十年間を回想すると、太宰のような人はもっと都心を離れた、気候のよい、暮らしやすい土地に住んでゆっくり書いてゆく方がよかった。当時の三鷹の新開地風の雰囲気はあまりにも荒々しかった。生垣なので、夏の夜など室内が外から丸見えである。駅まで十分、郵便局はもっと先で、近くに商店は一つもない。私は、いつまでもこの土地と家とに親しむことができなかった。道路はまだふみ固まって居らず、上水下水は原始に近く、耳に入るのは諸国のお国訛、生活の不便はこの上無く、新開地というより満州開拓地に住んでいる感じだった。

「私の家は三鷹の奥の、ずっと奥の、畑の中に在るのであるが、」とある作品「鷗」は、『知性』昭和一五年一月号に発表され、同年四月刊行の『皮膚と心』におさめられた。「鷗」の「私」は、「いいとしをして、それでも淋しさに、昼ごろ、ふらと外へ出て、さて何のあても無し、」石ころを蹴りながら、両手を帯の間にはさんで歩く。

私は、小説というものを、思いちがいしているのかも知れない。よいしょ、と小さい声で言ってみて、路のまんなかの水たまりを飛び越す。水たまりには秋の青空が写って、白い雲がゆるやかに流れている。水たまり、きれいだなあと思う。ほっと重荷がおりて笑いたくなり、この小さい水たまりの在るうちは、私の芸術も拠りどころが在る。この水たまりを忘れずに置こう。

「鷗というのは、あいつは、唖の鳥なんだってね、」と書き出され、「唖は、悲しいものである。私は、ときどき自身に、唖の鷗を感じることがある。」とする「鷗」は、芸術家小説であり、小説についての小説でもある。

丙種合格で戦地には行けない「私」の小説と、まず対比されるのが、戦線にいる兵士たちが書いた小説だ。「私」は、手もとに送られてくるそうした小説を真剣に読むけれども、作品はよくない。――「その紙に書かれてある戦地風景は、私が陋屋の机に頬杖ついて空想する風景を一歩も出ていない。新しい感動の発見が、その原稿の、どこにも無い。」「私」は、内地の「戦争を望遠鏡で見ただけで戦争を書いている人たち」の小説の決りきったかたちが、実際に戦線にいる兵士たちの小説をもしばっていると考える。そう考える「私」は、病気に苦しみながら、小暗い露地で懸命にヴァイオリンを弾く辻音楽師に自分をなぞらえていく。――「社会的には、もう最初から私は敗残しているのである。」

散歩から、畑のなかの家へ帰ってみると、雑誌社の人が来て待っていた。「私」は、その雑誌社の人と、Aさん、Bさん、Cさんの小説について話をするが、「私」の作品評価が煮え切らないものだから、客は、「あなたは一体、小説を書くに当ってどんな信条を持っているのですか。」と語調をあらためる。「私」は、「あります。悔恨です。」と即座に答えるけれど、「悔恨の無い文学は、屁のかっぱです。悔恨、告白、反省、そんなものから、近代文学が、いや、近代精神が生れた筈なんですね。だから、――」とまた言いよどんでしまう……。「私」の歯切れの悪さに失望したのか、客は帰り、「私」は、呆然と、暮れかかる武蔵野の畑をながめる。やがて、妻に金をもらって、すし屋へ呑みに行く。帰宅して、もう酔いがさめ、なかなか寝つかれないなかで、「私」は、また、あの水たまりを思う。

あの水たまりの在るうちは、――と思う。むりにも自分にそう思い込ませる。やはり私は辻音楽師だ。ぶざまでも、私は私のヴァイオリンを続けて奏するより他はないのかも知れぬ。汽車の行方は、志士にまかせよ。「待つ」という言葉が、いきなり特筆大書で、額に光った。何を待つやら。私は知らぬ。けれども、これは尊い言葉だ。啞の鷗は、沖をさまよい、そう思いつつ、けれども無言で、さまよいつづける。

「鷗」は、こう締めくくられる。汽車のイメージは、すでに、作品の冒頭近くで語られていた。「私はいま、なんだか、おそろしい速度の列車に乗せられているようだ。この列車は、どこに行くのか、私は知らない。まだ、教えられていないのだ。汽車は走る。轟々の音をたてて走る。イマハ山中、イマハ浜、……」というふうに。「私」は、決して「志士」ではなく、「辻音楽師」であり、「啞の鷗」だ。そんなしがない、たよりない「私」の芸術の拠りどころが、秋の青空を写す水たまりなら、水たまりは、ひどくかけがえがない。その水たまりは、『回想の太宰治』に「道路はまだふみ固まって居らず、」と書かれた三鷹の道が生んだものなのである。

「鷗」が書かれた昭和一五年に（紀元二六〇〇年だ）、三鷹村は、三鷹町になる。このとき、三鷹町の人口は約二万四千人。三鷹に軍需工場が建ちはじめたのは昭和一三年ごろからだが、昭和一六年には、約五〇万坪の敷地をもつ中島飛行機三鷹研究所が設立される。時代という汽車は、さらに速度を増していくのだ。

（武蔵野大学文学部日本語・日本文学科教授）

「乞食学生」——夢落ち・私小説・三鷹

土屋 忍

夢落ち

「乞食学生」は、三十過ぎの小説家が、偶然出会った生意気盛りの学生と肩肘を張ったような議論を繰り広げて仲を深めていく一種の青春小説である。そして、その小説家が、ゆきがかり上、ちんちくりんの学生服と下駄履きという苦学生の格好になり、二人の学生と宵の渋谷の街を酔って歩いて放歌高吟するというユーモア小説でもある。男性たちは、旧制高校の学生が示しがちな自尊心や羞恥心を共有しながら固有の関係性を築き上げてゆき、バカバカしくも楽しげな青春を謳歌するが、その展開自体が夢であったことに最後に気づく。その意味で、物語が進行した後で実は夢でしたと打ち明ける、夢落ち小説でもある。

夢落ちという方法は、落語や漫画などわかりやすい約束事が好まれるジャンルではよく用いられるが、様式上の新しさを追求する近代小説で採用されることは少ない。たとえば夢を扱った夏目漱石の『夢十夜』では、「こんな夢を見た」という書き出しで、これから語られる内容が夢の中の出来事であることが明記され、夢そのものが考察の対象として提示されている。ではなぜ小説的実験を数多く試みた太宰治が、「乞食学生」では夢落ちという陳腐な方法を選択したのだろうか。

ひとつは、作中の「青春」が、過去のもの、懐かしむべき対象ではなく、今・ここのイメージだからであろう。主人公の「私」は、夢の中で過去に遡り若き日の自分を経験したのではなく、三十二歳の小説家のままで青春を謳歌している。今・ここで学生気分を味わったのであり、そのような気分を夢の中でイメージしたのである。夢落ち小説とその他の夢を描いた文学の大きな違いは、読者にとっての現実と同じ地平で物語が展開されて最後に夢だと明かされて終わるのか、初めから夢ならではの非現実的な世界が提示されているのかどうかである。主人公が三十二歳の小説家のままで、現実の延長線上で学生たちと戯れるという設定を生かすためにも夢落ちが選ばれたのではないだろうか。

それでは、そもそもなぜそのような「青春」の経験を夢の中の出来事にして表現したのだろうか。眠っているときの夢とは、ひとりで見るものであり、見方を変えるとその夢の語りは、作中の「私」に帰属する「私」の作品である。「乞食学生」の冒頭で「私」は、書いたばかりの原稿をその出来栄えに満足しないまま投函し、「下手な作品」と自己嫌悪に陥る。そして「私は、家の方角とは反対の、玉川上水の土堤のほうへ歩いていった。四月なかば、ひるごろの事である。頭を挙げて見ると、玉川上水は深くゆるゆると流れて、両岸の桜は、もう葉桜になっていて真青に茂り合い、青い枝葉が両側から覆いかぶさり、青葉のトンネルのようである。ひっそりしている。ああ、こんな小説が書きたい。こんな作品がいいのだ。なんの作意も無い。」と思いながら歩みを進め、井の頭公園の玉川上水の土堤のところで全裸の少年に遭遇し、どういうわけかそこで眠りに落ち、文字通りの夢を見る。その夢の内容は、いい小説を書きたいと思っている小説家の夢であり、「作意」のない創造力から生まれた無意識の自己表現でもある。テクスト内で「私」が見た夢は、「私」の無意識が創作した物語であり、それは

「私」の夢であるとともに「私」に託された作者の夢ということもできる。そう考えると、夢という作中作を通して、何気ない日常から小説が誕生する過程を描き、創作の秘密を明かしているようにもみえる。

「私」と読者

「乞食学生」の面白さのひとつは、他の太宰のいくつかの作品と同様に「太宰治」という作家への読者の興味を前提にして書かれている点にある。登場人物としての「太宰」と作者としての太宰治の間には、微妙だが明らかなずれがいくつかある。それらは読者をはぐらかすための（作中の言葉で言うならば「タンタリゼーション」のための）仕掛けのようにも思われる。

「乞食学生」は、最初、『若草』という雑誌に連載された。一九四〇（昭和十五）年の七月から十二月の間のことである。このとき、太宰治は三十一歳であるが作中の「私」は三十二歳である。「私」の名前は苗字だけ記されていて「太宰」である。また太宰治の本名は津島修治であるが、作中の「太宰」の本名は「木村武雄」になっている。『若草』（図書館などでぜひいちど手にとってご覧になってください！）は、若い女性向けの広告が多く載っている雑誌である。読者欄をみると、連載当時の読者は作者太宰への興味を隠していない。明らかに小説家の生態記録として読んでいる気配さえある。太宰治は、そうした読者の存在を知りながら、小説に一人称の小説家を登場させて「太宰」と名乗らせ、自分と重ねるようあえて誘導し、その上で合致させないように書いているのである。太宰治に詳しくなればなるほどそうした仕掛けを発見できるので、とりわけ愛読者であれば、間違い探しのように楽しみながら、この手の「私小説」にはまっていくのかもしれない。

三鷹

「私」が見た夢が「私」にとって理想的な「なんの作意も無い」作品だとするならば、そして太宰治自身が読者にイメージされている自分自身を意識して造型した人物が「私」だとしたら、「乞食学生」の夢とは、間接的に太宰治の見たい夢であり、書きたい作品ということにもなる。また、夢を見たその場所は、「井の頭公園の玉川上水の土堤の上」である。太宰自身は、「世の中のみに眼をむけよ。自然の風景に惑溺して居る我が姿を、自覚したるときには、「われ老憊したり。」と素直に、敗北の告白をこそせよ。」（「葦の自戒」『作品』一九三六・一）とも述べていたが、三鷹から井の頭までを歩く「私」は、「葉桜」の「青葉のトンネル」という自然の風景に創作上の刺激をうけて、水辺で夢を見た（作品が生まれた）のである。実際、太宰治は、「乞食学生」の連載を開始する一年前から三鷹に居を構えていたが、作中の「私」にとって重要なのは、自宅というよりもその周辺の環境であった。

「乞食学生」に登場するのは、三鷹（駅）、玉川上水、万助橋、井の頭公園（弁天様の境内・動物園・池・土堤）、（北海道）、吉祥寺駅、渋谷、神宮通りなどである。これらは、国木田独歩の「武蔵野」が射程にしていた圏内にすっぽり当てはまる。独歩「武蔵野」との共通点としては、古今東西のテクストの引用、「茶屋の婆さん」と「茶店の老婆」、若い女性に対する忌避と恋愛の排除、作中における主人公（「自分」「私」）と作者の間の類縁性と差異、読者への呼びかけ（「君」と「諸君」）などがある。その点については、すでに論じたことがあるので詳しくは拙稿（「太宰治「乞食学生」の嘘」『武蔵野日本文学』二〇〇九・三）を参照していただくとして、最後に「三鷹」という場所の作品内の役割について触れておく。「乞食学生」における「三鷹」とは、端的に「私」の自宅がある場所である。「三鷹」という地名は三箇所に出てくるのだが、まずは冒頭で三鷹に自宅があることが示され、次に夢の中でも同じく三鷹に自宅があることが明らかにされている。したがって、作品内の現実と「私」の夢の中の現実とを地続きの物語にしてつなぐ役割を三鷹という場所が担っているということができる。また、冒頭では、三鷹の自宅を通り過ぎて井の頭の方面へと歩いていくが、通り過ぎることにより夢の世界へと足を踏み入れることになる。作意のない「いい」作品は、「人喰い川」の水辺で「夢」として生まれるのであり、もしかしたら三鷹の自宅では生まれないのかもしれない。「三鷹」が作中に登場する三箇所目も自宅のある場所としてではあるが、「私」はそこで初めて自宅に足を踏み入れ髭を剃りお金を用意する。それが夢の中の大団円と夢落ち（目覚め）へと読者を導くのである。

（武蔵野大学文学部日本語・日本文学科准教授）

「おさん」——ずれのおかしみ

福嶋朝治

「おさん」は昭和二十二年十月号の『改造』に発表された。「ヴィヨンの妻」は『展望』同年三月号、「桜桃」は『世界』翌年五月号に発表されている。これらはいわゆる「リベルタン」たる夫と暮らす妻の苦悩を通して「家庭の幸福」の真の姿を追求した作品である。

題名の「おさん」は近松門左衛門作「心中天の網島」の主人公紙屋治兵衛の女房にちなんでいる。太宰治の年譜によれば、昭和二年弘前高校一年の夏休みに竹本咲栄という女師匠に就いて義太夫を習い始めたという。「その頃、私は大いに義太夫に凝っていた。学校の帰りには、義太夫の女師匠の家へ立寄って、野崎村、壺坂、それから紙治など一とおり当時は覚え込んでいたのである」と、彼自身『津軽』の中で述べている。また、三夫人の回想記では、御崎町時代に酔後義太夫の一節を語ったり、歌舞伎の声色を使ったりしたと記している。三鷹時代にはさすがにそうした余裕はなかったというが、昭和十六年ころ、歌舞伎座に向かう道すがら、「今頃は半七さん」という「酒屋」の有名な口説きの場面を歌ったり、「紙治」の心中場面を話して聞かせたと堤重久は語っている。ちなみに彼の娘の「園子」は半七の女房の名であり、「里子」は「鮨屋」の無頼漢いがみの権太の妹の名である。

このように長く馴染んだ義太夫の世話狂言を作品の中に取り込んでみようという動機が生じたのはごく自然ななりゆきである。さきに「ヴィヨンの妻」で、フランス中世末期の泥棒詩人ヴィヨンもどきの放蕩詩人を夫に持つ妻の立場を描いて見せた太宰は、「おさん」では一転して江戸時代の世話狂言に着想を求める。「心中天の網島」、通称「紙治」は、紙屋を営む治兵衛が遊女小春と深く契り、周囲の者たちの心配や苦労をよそに、ついには心中にいたる物語である。

「おさん」では家庭の主婦である「私」が、もっぱら夫婦間の家庭内における心理的葛藤に焦点を絞り、夫の情死に至るまでの経緯を語るという一元的な描写方法が採られているために、作品の世界は「紙治」のような多元的な広がりは望むべくもない。そうした作品構成上の相違点は認められるものの、夫婦の置かれた状況設定という観点からみれば、作者がかなり「紙治」を意識していたことは、見て取れるだろう。

まず書き出しの「たましいの、抜けたひとのように、足音もなく玄関から出て行」き、愛人のもとに向かう夫の姿は、そのまま「毎夜毎夜の死覚悟。魂抜けてとぼとぼうかうか身をこが」して、小春に会いに行く治兵衛の姿そのものであることは、容易に理解できることである。というよりも、作者はここで準拠すべきテキストが「紙治」という心中物であることを明確に表明することによって、「夫」も治兵衛同様、すでに死ぬ覚悟をしていて、あとは作品の時間の中を生きて、死ぬ機会を待つだけの存在であることを読者との間の了解事項として前提させようと企んでいるのである。

おさんに擬せられた妻も夫の不倫に苦悩しながらも、忍従の鎖につながれて身動きができない。その苦しい胸のうちをおさんのくどき文句を借りて「女房のふところには／鬼が住むか／あああ／蛇が住むか」とひそかに吐露する。その元の部分を『近松浄瑠璃集上』(岩波書店)から引用するとこうである。

女房の懐には鬼が住むか蛇が住むか。二年というもの巣守にしてやうやう母様叔父様のお陰で。むつまじい女夫らしい寝物語もせうものと。楽しむ間もなくほんにむごいつれない。さ程心残らば泣かしゃんせ泣かしゃんせ。(略)ええ曲もない恨めしやと。膝に抱付き身を投伏し口説き。立ててぞ嘆きける。

「私だって夫に恋をしているのに」「女房ひとりは取り残され、いつまでも同じ場所で同じ姿でわびしい溜息ばかりついていて、いったい、これはどうなる事なのでしょうか」と、「私」は心底夫に尽くし、夫を愛しているのに、寄せ付けないほど恐ろしい存在として「私」を遠ざけている夫に対して、まさに「むごいつれない、恨めしい」と一人悲嘆の底に沈みながら絶望的な思いに駆られるのである。「ああぁ」という産字《うみじ》は、太宰が底本に拠らず、実際に習い覚えたものを使った可能性を示唆するが、「私」の嘆息が如実に読み手の心に響いて効果的である。また、作品の中でここにだけ使われる「女房」が、「おさん」の心情と響きあい、世話女房、恋女房を連想させて「私」の切ない立場を強調する。

しかし、この窮状からの脱却、打開のための方策という点では、表面上かなりの相違があるように見える。すなわち、おさんは自分は子供の乳母か飯炊きか隠居なりともする覚悟で小春を身請けしようと提案する。これに対し「私」は、「気の持ち方を、軽くくるりと変えるのが真の革命で、それさえ出来たら、何のむずかしい問題もない筈」と、開き直りとも取れる現実的な転換を図る。だがこれも考えようによっては忍従の鎖を断ち切る積極策ではない以上、本質的にはおさんの選択と同列であろう。「時々、でえじにして」もらうことは、まさにおさんの覚悟の裏に秘められた本心そのものである。その態度は「相手の苦痛を知っているのだが、それに、さわらないように努めて」「おもてには快楽《けらく》をよそお」う「桜桃」の夫婦の生き方ともつながる。

だが、この作品が提起する問題はその先にある。それは後半部における「私」の夫への対処の仕方に係わる問題である。意識革命を果たした「私」はにわかに、「道徳なんてどうだっていい」と、道徳革命を唱える夫の痛烈な批判者に転身する。冷酷な批判者の目には当然日を追って深刻さを増す夫の言動や様相は認められない。君はほんとうにいい人で、正しい人なんだから、「つまらない事を気にかけず、ちゃんとプライドを持って、落ちついていなさい。僕はいつでも、君の事ばかり思っているんだ」という慇懃な言葉は、その後の展開からすれば、夫の遺言めいた死のメッセージと読めるものだが、「興ざめたこと」という反応を示すのみである。さらに死出の旅に出る夫の真意を見抜けず、「その人から逃げたくなって、旅に出るのかしら」と自分に都合のいい考えをもらす。ここではもはや、冒頭において「とんでも無い、不吉なこと」を予感して戦慄する「私」の切実な緊迫感は失われている。このような夫との弛緩した関係は、末尾の「呆れかえった馬鹿馬鹿しさに身悶え」する妻を描出することで決定的になるが、裏返せばそれは「女夫らしい寝物語」を期待して倒れ掛かる妻に、「エキスキュズ、ミイ」と茶化して身を起こす夫の心境の対照形である。夫はひたすら逃走し、妻はひたすら離反する。

この作品の面白さは、表向き世話悲劇の体裁をとっているが、この場面に代表されるように、本質的には「私」によって語られるお互いの認識のずれがかもし出すおかしみを堪能するところにある。そのずれを独善的な「私」の語りが増幅させる。聞き手を十分に意識した「私」の丁寧すぎるほどの抑制の効いた語りの口調は、この喜劇的要素を強調するための作者の戦略的な技法である。

「桜桃」は主客所を変えて、夫によって語られる世話悲劇であるが、「自殺ばかり考えている」父、「冷たい自信、すさまじい自己肯定」で夫を圧倒する母という構図は、「おさん」の夫婦の関係と酷似する。しかし、この作品における「私」の語り口からは、もはやレトリックを弄するほどの精神的余裕は感じとれない。「おさん」に漂う喜劇性を楽しんだ読者が、「桜桃」において苦汁をなめさせられるのは、ここに起因すると考えられる。

（近代文学研究家）

第二章

資料篇

年表◆三鷹があらわれた太宰治作品一覧

太宰作品に、〝三鷹〟がいかに読み取れるかを一覧にした。明らかに三鷹の地名があるもの33点には☆印をつけた。その他は三鷹の家や街を書いているとしか考えられない記述のある作品、三鷹のことが何らかの形であらわれている作品となる（＊は随筆）。

（ただし、該当作品の三鷹に関わる記述全部を抜き出したわけではない。作品の引用文は筑摩書房『太宰治全集』を底本として現代表記にした。）

◇

太宰治が甲府市御崎町から三鷹村下連雀へ移転したのは、昭和14年9月だった。三鷹へ入居してからの作品には、三鷹の店や各所（1）、井の頭公園（2）がしばしば書き込まれるようになる。入居の翌年には三鷹には町制が敷かれ、都市化される田園地帯の街の光景（3）が小説にさまざまに反映していく。故郷の次に長く住んだ三鷹の家（4）への言及も数多い。

［以下、引用文で（1）～（4）に該当する箇所にはその番号を付した］

略年譜

1909（明治42）年
6月19日、青森県北津軽郡金木村（現、五所川原市）の素封家に生まれる。本名、津島修治。

1923（大正12）年　14歳
貴族院議員在任中の父、病没。県立青森中学校入学。

1927（昭和2）年　18歳
4月、官立弘前高等学校文科甲類に入学。9月、青森の芸妓紅子（小山初代）と知り合う。

1930（昭和5）年　21歳
4月、東京帝国大学仏文科に入学。井伏鱒二に師事する。共産党のシンパ活動に関わる。10月、小山初代と同棲する。11月、銀

「**畜犬談**」
初出『文学者』昭和14年10月
初収本『皮膚と心』昭和15年 竹村書房
−甲府の町はずれで、ポチは、犬同士で喧嘩ばかりする獣に育った。「東京[4]の三鷹村に、建設最中の小さい家を見つけることができて、」仕方なく飼っていたポチを置いて越そうとあがいたが、ついには、「東京へ連れて行こう」と決める。−☆

〔奇しくも三鷹移住の4年前、「**ダス・ゲマイネ**」（『文藝春秋』昭和10年10月）に登場人物の紹介として「馬場の生家は東京市外の三鷹[1]村下連雀にあり、彼はそこから市内へ毎日かかさず出て来て遊んでいるのであって、親爺は地主か何かで」とある。☆「**女生徒**」（『文学界』昭和14年4月）では、主人公は「お茶の水」に通学し「小金井の家」に以前は住んでいたと中央線沿線を暗示させ、末尾では「あたし、東京の、どこにいるか、ごぞんじですか？」と東京郊外への思いをうかがわせる。「**春昼**」＊（『月刊文章』昭和14年6月）においては、甲府は「仮の住居」なので「早く東京[4]へ帰住[4]」したいと書く。「**美少女**」（『月刊文章』14年10月）では、「八月には私たち東京郊外に移住する筈」なので猛暑でも山の温泉への避暑はあきらめている。〕

「**市井喧騒**」＊
初出『文藝日本』昭和14年12月
初収本『思ひ出』昭和15年 人文書院
−「九月のはじめ、甲府からこの三鷹[4]へ引越し」てから、庭先に近所[3]の百姓を名乗る二人組が現れて薔薇を押し売りし、次には違う商人が現れて困らせられた体験を書き留める。−☆

座のカフェに勤める田辺あつみと鎌倉小動崎で薬物心中を図り、女性は死亡する。

1931（昭和6）年　22歳
−満州事変勃発−
2月、前年暮に仮祝言を挙げた初代と新所帯を持つ。

1933（昭和8）年　24歳
杉並区天沼に住み、太宰治の筆名を使い始める。「列車」「漁服記」「思い出」を発表する。

1934（昭和9）年　25歳
12月、同人誌『青い花』創刊。1号を出して終わる。

1935（昭和10）年　26歳
3月、都新聞社の入社試験に失敗し、鎌倉で縊死を図るが未遂。7月、船橋に転居。8月、「逆行」が、第一回芥川賞の次席となる。9月、大学を除籍される。

1936（昭和11）年　27歳
最初の創作集『晩年』刊行。前年に急性盲腸炎の治療に使った

「鷗」

初出『知性』昭和15年1月
初収本『皮膚と心』昭和15年 竹村書房

―祖国を思わない人のいない時世に、「辻音楽師の王国」を願う小説家の心境を述べた作品。戦線から送られて来る小説原稿を読んでみると、「その紙に書かれてある戦地風景は、私が[4]陋屋の机に頬杖ついて空想する風景を一歩も出ていない。」とも書く。「私の家[4]は三鷹の奥の、ずっと奥の、畑の中に在る」ので、「一日がかりで[4]私の陋屋」にやって来る雑誌・新聞社の人に恐縮する。来客が帰った後に侘びしくなり、「[4]机の前に呆然と坐って、[3]暮れかけている武蔵野の畑を眺めた。」「[1]三鷹駅ちかくの、すし屋にはいった。」―☆

「俗天使」

初出『新潮』昭和15年1月
初収本『皮膚と心』昭和15年 竹村書房

―「家の者」と差し向かいで食事中、ミケランジェロの「最後の審判」写真版の聖母の像をみて、「陋巷の聖母」を書こうと思い立つ。『新潮』に書く短編の内容を変更して、「[4]つぎの部屋へ引き上げ、机に向った。」「「人間失格」という題にするつもり」の小説も「五、六年」経ったら書きたいとある。―

「心の王者」＊

初出『三田新聞』昭和15年1月25日
初収本『思い出』昭和15年 人文書院

―「小さい学生さんが二人、[4]私の家に参りました。」行儀のよい学生編集者が原稿依頼にきたのである。シルレルの詩を紹介しながら、学生は、地上では何の誇れるところがなくても、神と並ぶ特権がある、「陸の王者」を歌いながら、ひそかに「心の王者」を自任せよと述べる。―

パビナールの中毒症状が続き、東京武蔵野病院に入院させられる。

1937（昭和12）年　28歳

―支那事変（日中戦争）勃発―

6月、初代と離別する。

1938（昭和13）年　29歳

9月、井伏鱒二が滞在する山梨県御坂峠の天下茶屋に行き、長編「火の鳥」の執筆（未完）を始める。甲府の石原美知子と見合いをし、11月、婚約。このことを、翌年、「富嶽百景」に書く。

1939（昭和14）年　30歳

―第二次世界大戦勃発―

1月、杉並の井伏鱒二宅で石原美知子と結婚式を挙げ、甲府市御崎町で新婚生活に入る。

9月、東京府北多摩郡三鷹村下連雀（現、三鷹市下連雀）の家に入居し、終生の住処となる。

1940（昭和15）年　31歳

―皇紀二千六百年―

「女の決闘」「駈込み訴え」「走れメロス」などを発表。12月、『女生徒』により北村透谷文学賞次席となる。

「困惑の弁」＊

初出『懸賞界』昭和15年1月20日
初収本『思い出』昭和15年 人文書院

―青雲の志を持つ若者に自分は誇るものもなく、学生は自分を尊敬して訪ねてくるのではなく、きやすいから来る。「玄関[4]をがらっとあけると、私が、すぐそこに坐っている。家が狭いのである。」―

「このごろ三」＊

初出『国民新聞』昭和15年2月1日
初収本『太宰治全集巻16』（近代文庫）昭和27年 創藝社

―Y君との交友について、「先日、かれは人力車に乗つて、三鷹村[4]の私の家へ議論[3]しにやつて来ました。……翌る日、起きて、ふたりで顔を洗いに井戸端[4]へ出て、そこでもう芸術論がはじまり、……・朝ごはんを食べて、家[2]のちかくの井之頭公園へ散歩に出かけ、行く途々も、議論であります。」と書く。「最も、書きたいと思うもの」は「弱さだ」という話になったとき、近所の飼い犬が飛び出してきて吠え付き、彼が撃退してくれた。「私[4]の家の小さい庭は日当たりのよいせいか、毎日[3]いろんな犬が集まって来て、たのみもせぬのに、きゃんきゃんごうごう、色んな形の格闘の稽古をして見せる」―☆

「鬱屈禍」＊

初出『帝国大学新聞』昭和15年2月12日
初収本『思い出』昭和15年 人文書院

―最近の文学を、毒するものについて、書くようにとの依頼に応じて、太宰は「心中の敵」という言葉を引く。「隣[3]の家では、朝から夜中まで、ラジオをかけっぱなしで、甚だ、うるさく、」自分の小説の不出来はそのせいだと思っていたことも述べる。（ラジオは、後の「十二月八日」「家庭の幸福」作中でも重

要な役割を果たしている。）－

「酒ぎらい」＊　初出『知性』昭和15年3月

初収本『思い出』昭和15年 人文書院

－「この三鷹(4)の陋屋に」珍客の予定があると落ち着かず、「家(4)に酒が在る」と気になること、また、「苦しく、不安になって、酒でも呑んでその気持を、」ごまかしたくなることが、時々あって「……三鷹駅(1)ちかくの、すしやに行き、大急ぎで酒を呑む」ことなど述べる。－☆

「無趣味」＊　初出『新潮』昭和15年3月

初収本『如是我聞』昭和23年 新潮社

－衣食住には趣味がないところ、「いまの三鷹(4)の家に就いても、訪客はさまざまの感想を述べてくれる」－☆

「善蔵を思う」　初出『文藝』昭和15年4月

初収本『女の決闘』昭和15年 河出書房(3)

－「甲府から此の三鷹(4)の、畑の中の家に引っ越して来て、四日目の昼ごろ、ひとりの百姓女がひょっこり庭に現われ、」言葉巧みに薔薇の木を売り込んだ。彼女が近くの者だというのは嘘だとしか思えない。後日は「畑(3)には、芋の葉が秋風に吹かれて一斉にゆさゆさ頭を振って騒いでいるだけ」だった。その10日ほど後に、郷里の新聞社の集まりで失態をさらして、「路傍の辻音楽師で終る」ことを心に決める。「三鷹(4)の此の草舎」に遊びに来た洋画家の友人は、薔薇は値打ちのある優秀なものだと証言した。「（あの女は）同郷人だったのかな？」

薔薇が生きていれば「私は心の王者だと、一瞬思った。」－☆

「三月三十日」＊

初出『物資と配給』昭和15年4月
初収本『太宰治全集巻16』昭和27年 近代文庫創藝社

－南京に新政府の成立する日に、「平和を待望」して書く。「私は、日本の、東京市外に住んでいるあまり有名でない貧乏な作家であります。東京は、この二、三日ひどい風で、武蔵野[4]のまん中にある私の家には、砂ほこり[3]が、容赦無く舞い込み、私は家の中に在りながらも、まるで地べたに、あぐらをかいて坐っている気持でありました。」－

「走れメロス」

初出『新潮』昭和15年5月
初収本『女の決闘』昭和15年 河出書房

－メロスの行く手をふさぐ川が豪雨の後に水かさが増えて変貌するのは、かつての玉川上水もそうだった。「どうどう[3]と響きをあげる激流が、木葉微塵に橋桁を跳ね飛ばしていた。」－

「大恩は語らず」＊

『婦人公論』昭和15年7月掲載予定されたが未載
初収本『太宰治全集巻10』昭和31年 筑摩書房

－『婦人公論』より「恩讐記[3]」の題を与えられたが、「讐」については書きたくない。「陋屋[4]に、わざわざ訪ねて来てくれた」編集者に、断りきれず、本心を述べ、「大恩は語らず」とも言うことなどを語った。－

「乞食学生」

初出『若草』昭和15年7～12月

初収本『東京八景』昭和16年 実業之日本社

—32歳の小説家が、原稿を「⑴駅の前のポストに投函し」た後の散策途中で、川で泳ぐ少年に会う。玉川上水を「⑶青葉のトンネル」「川幅は、こんなに狭いが、ひどく深く、流れの力も強い」「人喰い川」と言い、井の頭公園や園内の「⑴茶屋」を舞台にする。「⑷私の家は、この三鷹駅から、三曲りも四曲りもして歩いて二十分以上かかる畑地のまん中に在る」「⑴万助橋を過ぎ、もう、⑵ここは井の頭公園の裏である。」—☆

「貪婪禍」＊

初出『京都帝国大学新聞』昭和15年8月5日

初収本『信天翁』昭和17年 昭南書房

—南伊豆で、物資不足と温泉地の生活を憂う。「素直に、風景を指さし、驚嘆できる人は幸いなる哉。⑷私の住居は東京の、⑵井の頭公園の裏にあるのだが、⑶日曜毎に、沢山のハイキングの客が、興奮して、あの辺を歩き廻っている。」—

「失敗園」

初出『東西』昭和15年9月

初収本『東京八景』昭和16年 実業之日本社

—「⑷わが陋屋には、六坪ほどの庭があるのだ。」愚妻は、ここに「⑶秩序も無く何やらかやら一ぱいに植えた」が、思うように育たず、「へちま」や「薔薇と、ねぎ」など草花たちのぼやきを記述する。—

〔「清貧譚」（『新潮』昭和16年1月）は、「聊斎志異」中の「⑷黄英」の翻案で、主人公は向島の住人。菊作りという草花の愛好と「⑷陋屋」「茅屋」への誇りが、三鷹での生活を思わせる。〕

「きりぎりす」

初出『新潮』昭和15年11月
初収本『東京八景』昭和16年 実業之日本社

―「おわかれ致します。」と始まり、画家の妻が、「三鷹[4]町の家に住むようになってから」出世して俗物になった夫への失望を「あなた」自身に語る。この年に町制が敷かれた三鷹を舞台とする。―☆

「ろまん燈籠」

初出『婦人画報』昭和15年12月～16年6月
初収本『千代女』昭和16年 筑摩書房

―洋画家の大家の遺族でロマンスが好きな一家が交代に物語をする様子を描く。三日目のところで、「元日に、次男は郊外[4]の私の家に遊びに来て、近代の日本の小説を片っ端からこきおろし、」とある。―

「東京八景」

初出『文学界』昭和16年1月
初収本『東京八景』昭和16年 実業之日本社

―「武蔵野[3]の夕陽は、大きい。ぶるぶる煮[4]えたぎって落ちている。」「東京市外[1]、三鷹町」の「夕陽[4]の見える三畳間」で「この家一つは何とかして守って行くつもりだ。」と妻に語り、「すぐ近くの井の頭公園[2]も、東京名所の一つに数えられているのだから、此の武蔵野[3]の夕陽を東京八景の中に加入させたって、差支え無い。」と「私」は「東京八景」を思いついた。―☆

「男女川と羽左」＊

初出『都新聞』昭和16年1月5日
初収本『薄明』昭和21年 新紀元社
（改題「男女川と羽左衛門」）

1941（昭和16）年 32歳

―太平洋戦争勃発―

6月、長女園子誕生。8月、生母夕子《たね》を見舞うため10年ぶりに単身で帰郷。9月、太田静子が友人と共に初めて三鷹の家を訪れる。11月、文士徴用を受けたが、胸部疾患のため徴用免除。

－横綱男女川を、「三鷹町下連雀の住人[1]」と紹介し、自転車に乗って「三鷹駅前の酒屋[1]」や「三鷹郵便局[1]」へやって来た様子を目撃した感想を書く。－☆

初出『文藝春秋』昭和16年2月

「服装に就いて」

初収本『千代女』昭和16年 筑摩書房

－「六畳[4]四畳半三畳きりの小さい家の中で、鬚ばかり立派な大男が、うろうろしているのは、いかにも奇怪なものらしいから、それも断念せざるを得ない。」という生活だが、高等学校の頃には服装に凝っていたことがあった。その頃赤い色の混じったセルの着物を作ったことがあり、その古い着物を妻が洗って縫い直したので、つい、着て、友人と一緒に外出した。「家の近く[4]の、井の頭公園[2]の森にはいった時、私は、やっと自分の大変な姿に気が付いた。」派手な着物に落ち着かない気持ちで、酒の店でも失態をしてしまう。－

「新ハムレット」

初収本『新ハムレット』昭和16年 文藝春秋社

－玉川上水の特徴に似た「川幅は狭いけれど、ちょっと深い」「小川」が紹介され、この作品では、「ああ、王妃さまが、あの、庭園の小川[1]に、」と王妃の入水が結末となる。－

「風の便り」

初出『文学界』昭和16年11月

（『文藝』『知性』に発表の「秋」「旅信」を併せて一つの作品とする）

初収本『風の便り』昭和17年 利根書房

－40歳近くなった小説家と、文学史に残る大作家との書簡往復の形で文学論が応酬される。「ここ[4]は武蔵野のはずれ、深夜の松籟[3]は、浪の響きに似ています。

此の、ひきむしられるような凄しさの在る限り、文学も不滅と思われますが、」「……(4)庭にトマトの苗を植えた事など、ながながと小説に書いて、ちかごろは、それもすっかり、いやになって、」(1)と郊外作家の心境が述べられる。「深夜、あの手紙を持って野道を三丁ほど、煙草屋の前のポストまで行って来ましたが、」「これから庭の畑の手入れをしようと思っています。(3)トーモロコシが昨夜の豪雨で、みんな倒れてしまいました。」と家庭の庭のことも書いている。―

「誰」 初出『知性』昭和16年12月
初収本『風の便り』昭和17年 利根書房

―「かれ、秋の一夜、学生たちと(2)井の頭公園に出でゆき、途にて学生たちに自分を誰と思うかと聞くと「サタン」と言われる。「(4)三鷹の此の小さい家は、私の仕事場である。」が、旅に出ては三鷹を思い、帰っては旅の空をあこがれるばかりで、「私」は自分を見失っていた。女性読者との付き合いの難しさから、悪魔と言われたこともある。―☆

「恥」 初出『婦人画報』昭和17年1月
初収本『女性』昭和17年 博文館

―作中に書かれたことを信じた読者から見れば、作家戸田は随分ときちんとしていて、小説はインチキじゃないかしらと、女性読者の独白体で書く。「(3)省線電車から降りて」「(1)交番で」聞くとすぐに家もわかり、「お庭も綺麗に手入れされて、秋の薔薇が咲きそろっていました。」―

1942（昭和17）年 33歳
10月、初めて妻と長女を伴い帰郷し、母を見舞い数日間滞在する。12月、母逝去。単身帰郷した。

「新郎」
初出『新潮』昭和17年1月
初収本『風の便り』昭和17年 利根書房
－戦時体制のため食卓は「海苔」もないほど乏しいが、明日のことを思い煩わずに過ごす一日を書く。「三鷹⑷の私の家には、大学生⑶がたくさん遊びに来る。」精一杯の正直さで人と付き合い、物資がなくても花があることを日本の誇りにする。「けさ、花を買って帰る途中、三鷹⑴駅前の広場に、古風⑶な馬車が客を待っているのを見た。」大戦勃発の日に「新郎の心で生きている。」－☆

「或る忠告」＊
初出『新潮』昭和17年1月
初収本『薄明』昭和21年 新紀元社
－作家の責任について述べた言葉を引用し、「と或る詩人が、私⑷の家へ来て私に向つて言いました。」と書く。－

「十二月八日」
初出『婦人公論』昭和17年2月
初収本『女性』昭和17年 博文館
－太平洋戦争が勃発した日のラジオニュースや、「三鷹⑷のこんな奥まで」知人が来訪したことなどを主婦の日記の形で綴る。配給の清酒六升を、隣組九軒で分けることになり、「早速、瓶⑴を集めて伊勢元に買いに行く。」と実際の馴染みの酒屋の屋号も書かれている。－☆

「水仙」
初出『改造』昭和17年5月
初収本『日本小説代表作全集』昭和17年 小山書店
初単行本『佳日』昭和19年肇書房

―富豪の草田氏が、夫人が天才を自称して家出したことについて相談するために「僕[4]の陋屋の玄関に」現れる。外に誘って話を聞く。「少し歩くと、井の頭[2]公園である。」「吉祥寺の駅の前でわかれた」とある。―

「待つ」

初収本『女性』昭和17年 博文館

（『京都帝国大学新聞』発表を予定されたが未掲載）

―市場で買い物をした後に「省線[1]のその小さい駅」で毎日何かを待っている女性が描かれる。あえて駅名は書かれてないが、公園や井の頭線があるため繁華な吉祥寺などとは異なる「冷たいベンチ」と表現される雰囲気が、三鷹駅以西の中央線の駅にはあったであろう。―

「正義と微笑」

初収本『正義と微笑』昭和17年 錦城出版社

―俳優志望の少年の日記に、「埃[3]が部屋の中にまで襲来し、机[4]の上はざらざら、」とある。自宅で砂埃を苦にしている随筆「三月三十日」冒頭を思わせるような書き出しである。少年の一家は「麹町の家」に住んでいる設定だが、三鷹は東京でも「からっ風」が強い地域である。―

「小さいアルバム」

初出『新潮』昭和17年7月

初収本『薄明』昭和21年 新紀元社

―写真を見せながら半生を語るかたちの作品。「あとは皆、三鷹[2]へ来てからの写真です。」「これは、私の小さい女の子を乳母車に乗せて、ちかくの、自然文化園の孔雀を見せに連れて行くところです。」―☆

「小照」＊

初出『新日本文学全集月報第16号』昭和17年7月改造社
初収本『太宰治随想集』昭和23年 若草書房

―井伏鱒二集が準備されていて、井伏氏についての原稿依頼のために改造社の社員が来訪した。「私[4]の家は、東京府下の三鷹町の、ずいぶんわかりにくい謂わば絶域に在るので、」ここまで来てくれると、断れなかった。―☆

「花火」

初出『文藝』昭和17年10月（戦時下に悪影響として全文削除）
初収本『薄明』昭和21年 新紀元社（改題「日の出前」）

―洋画家の長男勝治は、家族を窮地に陥れるような不良行為を幾度も繰り返していたが、ある時、沼で溺死する。「盛夏に、東[2]京郊外の、井の頭公園で、それが起った。」―

「禁酒の心」

初出『現代文学』昭和17年12月
初収本『佳日』昭和19年 肇書房

―愛飲家として酒を大切に飲む姿を描く。「玄[4]関をしめて、錠をおろして、それから雨戸もしめてしまいなさい」と家人に言ってから飲み始める。―

「黄村先生言行録」

初出『文学界』昭和18年1月
初収本『佳日』昭和19年 肇書房

―「家[4]のすぐ近くの井[2]の頭公園に一緒に出かけて」「梅にも柳にも振向かず」「一[1]ばん近くの汚い茶店にのこのこはいって」「中[1]の島の水族館にはいる。」「やあ！ 君 山椒魚だ！」と黄村先生は、山椒魚にのぼせてしまう。―

1943（昭和18）年 34歳

1月、妻子と共に亡母の法要のために帰郷。9月、『右大臣実朝』刊行。

「故郷」

初出『新潮』昭和18年1月

初収本『佳日』昭和19年 肇書房

―発表は先ながら「帰去来」の続編で、妻子と共に母の見舞いをしたことを書く。「北さんと中畑さんとが、そろって[4]三鷹の陋屋へ訪ねて」来て帰郷が準備された。―☆

「鉄面皮」

初出『文学界』昭和18年4月

初収本『薄明』昭和21年 新紀元社

―「右大臣実朝」を予告する作品として書かれている。「[1]ご近所の班長さんにすすめられて」「在郷軍人の分会査閲」に参加し、招集がないのに自らすすんで出たとして大佐殿にほめられて恐縮したことなど。―

「帰去来」

初出『八雲』昭和18年6月

初収本『佳日』昭和19年 肇書房

―「[4]東京市外の三鷹町に、六畳、四畳半、三畳の家を借り、神妙に小説を書いて、二年後には女の子が生まれた。」「私は、早速、[1]三鷹の馴染のトンカツ屋に案内した。」旧知の人のとりなしで、帰郷した。「母と叔母と私と三人、水いらずで、話をした。私は、[4]妻が三鷹の家の小さい庭をたがやして、いろんな野菜をつくっているという事を笑いながら言った」―☆

「作家の手帖」

初出『文庫』昭和18年10月

初収本『佳日』昭和19年 肇書房

―「ことしは[1]三鷹の町のところどころに立てられてある七夕の竹の飾りが、むしょうに眼にしみて仕方がなかった。」昭和12年7月7日の蘆溝橋事件（日中戦争勃発）に触れ、三鷹の街と自宅付近を書き、戦争についての「楽観」を述べる。「カアキ色のズボンをはいて、開襟シャツ、三鷹[1]の町を産業戦士のむれにまじって、少しも目立つ事もなく歩いている。」「拙宅[4]の庭の生垣[3]の陰に井戸が在る。裏の二軒の家が共同で使っている。裏の二軒は、いずれも産業戦士のお家である。」－☆

「金銭の話」＊

初出『雑誌日本』昭和18年10月
初収本『太宰治随想集』昭和23年 若草書房

－国のために役に立つように貯金をしたいが、それができないことを嘆く。「文字どおりの、あばらや[4]に住んでいる。三鷹[1]の薄汚い酒の店で、生葡萄酒なんかを飲んで文学を談ずるくらいが、唯一の道楽で、ほかには、大きなむだ使いなどをした覚えはない。」「私の家[4]の狭い庭に於いても、今[3]はかぼちゃの花盛りである。薔薇の花よりも見ごたえがあるようにも思われる。とうもろこし[3]の葉が、風にさやさやと騒ぐのも、なかなか優雅なものである。生垣には隠元豆の蔓がからみついている。けれども、どうしてだか、私には金が残らぬ。」－
☆

「横綱」＊

初出『東京新聞』昭和19年1月13日
初収本『薄明』昭和21年 新紀元社

－横綱双葉山の書「忍」が、「或る[1]おでんやの床の間に」掛かっていた。どこの店とは書いてないが、「父」に、「三鷹の或るおでんや」と書かれていることを思わせる。－

1944（昭和19）年 35歳

1月、神奈川県下曽我の大雄山荘に太田静子を訪ねる。8月、長男正樹誕生。11月、津軽地方への旅行から取材したものをま

「佳日」

初出『改造』昭和19年1月
初収本『佳日』昭和19年 肇書房

―「山田君は久しぶりに私④の寓居を訪れ」、共通の友人である大隈君の縁談の世話を代わりに引き受けてくれるよう頼む。相手方の小坂家からも、「気品の高い老紳士が私④の陋屋を訪れた。」大隈君は、結婚式の当日、「私」のとりなしで、小坂家の上の姉の戦死した夫のモオニングを借りる。―、

「革財布」＊

初出『日本医科大学殉公団時報』昭和19年1月25日
初収本『薄明』昭和21年 新紀元社

―有名な落語「革財布」の出典を考えるにあたり、拾った財布を合法的に取得するまでの筋を確認しようと、「落語速記集」でもないかと探した。「……実は、三鷹①の古本屋を二軒、それから吉祥寺の古本屋を五軒覗いて見たのであるが、そんなものは無かつた。」―☆

「散華」

初出『新若人』昭和19年3月
初収本『佳日』昭和19年 肇書房

―二人の若い友人との別れがあった。「三井君が私④の家の玄関の戸を、がらがらっと音高くあけてはいってきた時」は書いた小説を読んでもらいたくて来たのであった。彼は静かに散るように病没した。三田君は、詩を書いていて、出征先から手紙をよこしたが、玉砕した。―

「雪の夜の話」

初出『少女の友』昭和19年5月
初収本『薄明』昭和21年 新紀元社

とめて『津軽』刊行。12月、「惜別」執筆準備のため仙台へ旅行。

―「吉祥寺駅」を降りてから、叔母さんからもらったスルメを落とした女学生は、目に雪景色を焼き付けて帰宅し、お腹に子供を宿している嫂に、そのきれいな景色をみやげにしようとする。「とその時、隣り[4]の六畳間から兄さんが出て来て」と家の主の小説家の居室が六畳であることが示される。―

「東京だより」

初出『文学報国』昭和19年8月

初収本『薄明』昭和21年 新紀元社

―戦中、三鷹にもあった軍需工場について書かれた作品。「朝夕、工場[1]の行き帰り、少女[3]たちは二列縦隊に並んで産業戦士の歌を合唱しながら東京の街を行進します。」そのなかの一際美しい人の足が悪かったことを発見した。―

「花吹雪」

雑誌掲載なし

（『改造』昭和18年7月掲載予定があり同年に執筆された）

初収本『佳日』昭和19年 肇書房

―黄村先生もののひとつ。作者は、「わが[4]居宅は六畳、四畳半、三畳の三部屋なり。いま一部屋欲しと思わぬわけにもあらず。」と書く。「私の家の近所に整骨院[1]があって、……小さい道場も設備せられてある。」「そのすぐ近くの禅林寺[1]」の墓地に眠る森鷗外に触れて、「どういうわけで、鷗外[1]の墓が、こんな東京府下の三鷹町にあるのか、」[3]「ここの墓地は清潔で、鷗外の文章の片影がある。」

―☆

「津軽」

初収本『津軽』昭和19年 小山書店

―「序編」では、青森近くの浅虫という温泉地の忘れがたい思い出を語り、そこの旅館について、その妙な高慢を指摘しつつ「茅屋」と言う。高等学校時代を過ごした弘前の人については、「勢強きもの」を「ただ時の運つよくして威勢にほこる」として従わないような「反骨」があるという。自分にもそのような「仕末のわるい骨が一本」あるためでもないだろうが、「未だに[4]その日暮らしの長屋住居から浮かび上がる事が出来ずにいるのだ。」と「津軽人」である自分の現在の都会暮らしを引き合いにだしている。－

「凡例」＊ 初収本『新釈諸国噺』昭和20年 生活社

－井原西鶴の小品をもとに空想を広げて短篇化したものをまとめて刊行するにあたり「凡例」には、「読者に日本の作家精神の伝統とでもいうべきものを、はっきり知っていただく」重要事として、「私はこれを警戒警報の日にも」「むきになって書いた。」とある。「昭和十九年晩秋、[4]三鷹の草屋に於て」－☆

「前書き」＊ 初収本『お伽草紙』昭和20年 筑摩書房

－初版では無題だったが再版から「前書き」と題がついた。自宅で警報が鳴るとペンをおいて「[4]防空壕に」入り、すぐにでたがる5歳の娘のために「ムカシムカシノオ話ヨなどと、間の抜けたような妙な声で絵本を読んでやりながらも、」胸中で別の物語を紡ぎだす。－

〔『お伽草紙』中の「カチカチ山」でも、絵本を読んでやったこと、「[2]近所の井の頭動物園」で檻の中の狸を見た話がある。〕

「春」＊ 初収本『太宰治全集巻12』昭和33年 筑摩書房

（『藝苑』昭和20年4月のために執筆されたが戦災のために未発表）

1945（昭和20）年 36歳

－終戦／連合国軍統治－

4月、空襲で家を破損し、自身も妻の実家、石原家に疎開する。7月、石原家、爆撃のために全焼。やむなく妻子を連れて津軽の生家へ疎開する。終戦を故郷でむかえ、翌年11月まで生家の離れで生活する。

－「にわかに敵機[3]が降下して来て、すぐ近くに爆弾を落とし、防空壕に飛び込むひまも無く」「三[4]畳間の窓ガラスが一枚こわれていました。」「ことしの東京の春は、北国の春とたいへん似ています。」－

「薄明」

雑誌発表なし。執筆は昭和20年9月頃
初収本『薄明』昭和21年 新紀元社

－「東[4]京の三鷹の住居を爆弾でこわされたので、妻の里の甲府へ、一家は移住した。」さらに甲府で焼け出されるまでの子連れの疎開生活を書く。－☆
（「庭」（『新小説』昭和21年1月）は、甲府の次に疎開した津軽の生家の庭についての長兄とのやりとりを描くが、ここにも「東[4]京の家は爆弾でこわされ、」とある。）

「パンドラの匣」

初出『河北新報』『東奥日報』昭和20年10月
～翌1月（昭和18年脱稿の「雲雀の声」を元に執筆された）
初収本『パンドラの匣』昭和21年 河北新報社

－木村庄助の日記を元にして書かれた。20歳の若者が親友にあてた手紙の形式で、「健康道場」という結核療養所の生活を綴る。（設定は山腹にある療養所となっているが、閑静な三鷹には転地療養をする人も少なくなかった。昭和27年開院の野村病院（下連雀8丁目）も、当初は結核療養で知られた。そこでは、昭和30年代まで晴れた日には富士山が見え、ひばりの声が聞こえたという証言もある。）－

「十五年間」

初出『文化展望』昭和21年4月

初収本『狂言の神』昭和22年 三島書房
―疎開した津軽の生家で、上京後の15年間を振り返る。「……甲府市郊外の家。東京都下三鷹町[4]。甲府水門町。……これだけでも既に二十五回の転居である。」「一ばん永く住んでいたのは、三鷹町下連雀[4]の家であろう。大戦の前から住んでいたのだが、ことしの春に爆弾でこわされた。」戦前・戦中の「ひどい時代[3]であった。」―☆

「海」＊

初出『文学通信』昭和21年7月
初収本『ろまん燈籠』昭和23年 改造社
―「……この子の頭上に爆弾が落ちたら、この子はとうとう、海というものを一度も見ずに死んでしまうのだと思うと、つらい気持ちがした。」「やがて、三鷹[4]の家は爆弾でこわされたが、家の者は誰も傷を負わなかった。」―☆
〔「純真」＊（『東京新聞』昭和19年10月16日）では、四歳の「家の娘[4]」の行動に触れている。〕

「たずねびと」

初出『東北文學』昭和21年11月
初収本『姥捨』昭和22年 ポリゴン書房
―「私たちは東京[1]で罹災してそれから甲府へ避難して、その甲府でまた丸焼けになって、それでも戦争はまだまだ続くというし、どうせ死ぬのならば、故郷で死んだほうがめんどうが無くてよいと思い、私は妻と五歳の女の子と二歳の男の子を連れて甲府を出発し、その日のうちに上野から青森に向う急行列車に乗り込むつもりであったのですが、空襲警報なんかが出て、」ともっとも悲惨な終戦間際のホームレス状況が書かれ、「十五年前に本郷の学校へはいって以

長兄文治、戦後初の衆議院議員選挙に当選。7月、祖母イシ逝去。11月、疎開生活を終えて、妻子と共に三鷹の自宅に帰る。来客多く、三鷹の街のなかに仕事部屋（三鷹駅前郵便局斜め前の家の二階）を借りるようになる。

来、ずっと私を育ててくれた東京というまちの見おさめなのだ、」とある。作者が「罹災」したのは三鷹の自宅であるが、その町名を書かずに、地方出身の都会生活者を代弁する立場となっている。―

「メリイクリスマス」

初出『中央公論』昭和22年1月

初収本『ヴィヨンの妻』昭和22年 筑摩書房

―アメリカ映画を小さな映画館で見た後、本屋で旧知の若い女性と遭遇して、彼女の母が空襲で亡くなったことを知るという内容。米兵が歩く当時の東京の街を背景として描かれ、「[1]うなぎ屋の屋台」など三鷹駅前の繁華街も偲ばれる。（昭和22年5月21日堤重久宛葉書には、「このごろ三鷹にキャバレー、映画館、マーケットなど出來、とてもハイカラで、」とある。）―

「ヴィヨンの妻」

初出『展望』昭和22年3月

初収本『ヴィヨンの妻』昭和22年 筑摩書房

―窮地に陥った大谷の妻は、「吉祥寺で降りて、本当にもう何年振りかで[2]井の頭公園」を歩き、ベンチに腰かける。「[3]池のはたの杉の木が、すっかり伐り払われて、……昔とすっかり変わっていました。」―

「父」

初出『人間』昭和22年4月

初収本『ヴィヨンの妻』昭和22年 筑摩書房

―「炉辺の幸福」に「いたたまれない気がする」と書き、「[1]義のために」遊ぶ、という言葉で子供をおいて街にでる作家生活を吐露する。「三鷹の或るおでんや」から遊びの約束のある女性から使いがくる。―☆

1947（昭和22）年 38歳

1月、太田静子の訪問を受ける。2月、下曽我の大雄山荘に太田静子を訪ねて5日間滞在し、日記を借り受ける。3月、次女里子（佑子）誕生。この頃、三鷹駅前の屋台で山崎富栄と知り合う。4月、新たな仕事部屋（田辺肉店敷地内のアパートの一室）で、静子の日記をもとに「斜陽」を書き継ぐ。5月、太田静子、三鷹を訪れる。7月、仕事部屋として、小料理屋千草の二階を使うようになる。8月、体調を崩し家にこもる。9月、千草の斜め前だった山崎富栄の部屋を仕事場とするようになる。11月、太田静子との間に治子生まれる。12月、『斜陽』刊行。

「女神」

初出『日本小説』昭和22年5月
初収本『女神』昭和22年 白文社

―旧知の知人が戦後、突然に「私の三鷹の家」[4]に訪ねてきて、自分たちは女神の子供で兄弟であり、これからすべてを女性に頼るのだと狂気めいた事を言う。「井戸は玄関のわき」[4]にあり、「かわるがわる無言でポンプを押して手を洗い合った」。―☆

「フォスフォレッスセンス」

初出『日本小説』昭和22年6・7月
初収本『太宰治随想集』昭和23年 若草書房

―夢のなかで成長して老いてきた小説家が、若い編集者の訪問を受けて原稿を催促され、お酒を飲みながら口述筆記をしましょうと言われる。「二人で出て、かねて私[1]の馴染のおでんやに行き、亭主に二階の静かな部屋を貸してもらうように頼んだが、」とあり、三鷹の街に仕事場を探し求める様子がある。―

「斜陽」

初出『新潮』昭和22年7~10月
初収本『斜陽』昭和22年 新潮社

―今日でも、井の頭公園近くには、蛇に注意との表示がある。下連雀にはかつて蛇がよく出現し、それが、冒頭の「蛇の卵」[3]を燃やす場面に反映していると言われる。後半に登場する「西荻のチドリ」という店の名は、三鷹駅近くにあった小料理屋「千草」からきているとも言われる。「暗闇の底で幽かに音立てて流れている小川」と書かれているのは、当時、さくら通りを流れていた品川用水にあたるであろう。―

「朝」

初出『新思潮』昭和22年7月
初収本『太宰治随筆集』昭和23年 若草書房

―三鷹駅前郵便局のはす向かいに貸家があった。太宰は借主の女性が勤務で部屋をあけるときだけの約束で、来客を避けるために最初の「[1]秘密の仕事部屋」にして弁当持参で原稿を書きに通った。しかし、「駅のところで久しぶりの友人と逢い、さっそく[1]私のなじみのおでんやに案内して大いに飲み、」帰宅の機会を逸して、夜明け近くに泊まらせてもらうこともあった。―

「おさん」

初出『改造』昭和22年10月
初収本『桜桃』昭和23年 実業之日本社

―戦中には、「私たちの住んでいるこ[1]の郊外の町に、飛行機の製作工場などがあるおかげで、家のすぐ近くにもひんぴんと爆弾が降って」来た。「[4]中央線に沿った郊外の、しかも畑の中の一軒家みたいな、この小さな貸家」三畳と六畳のある家に幼子三人と妻を置き、旅行にでる夫は、「さるすべりは、これは、一年置きに咲くものかしら」と呟く。「[4]玄関の前の百日紅」が今年は花が咲かなかったために交わした言葉が最後の会話となり、三日後、妻は夫の心中事件を知る。―

「犯人」

初出『中央公論』昭和23年1月
初収本『桜桃』昭和23年 実業之日本社

―三鷹の肉屋（太宰の仕事場のひとつの家主、田辺肉店をヒントにしたと言われる）で事件が起こるミステリー仕立ての作品。「晩秋の或る日曜日、ふたり[2]は東京郊外の井の頭公園であいびきをした。」「自分は[1]三鷹行きの切符を買い

1948（昭和23）年

3月ころから疲労と不眠が続いた。喀血もしばしばある状況で「人間失格」を執筆し、『新潮』連載「如是我聞」では、痛烈な

……」「店の肉切包丁を一本手にとって」―☆

「饗応夫人」　初出『光』昭和23年1月
初収本『桜桃』昭和23年　実業之日本社

―身を削るようにしてお客様をもてなす夫人の逸話。三鷹在住の画家桜井浜江がモデルとされる。「東京の郊外」「都心で焼け出された人たちは、それ[3]こそ洪水のようにこの辺にはいり込み、」と戦災の被害が少なかった戦後の三鷹の街の変わりようが紹介される。―

「酒の追憶」　初出『地上』昭和23年1月
初収本『桜桃』昭和23年　実業之日本社

―「拙宅[4]に至る道筋」を書いて送った後に、丸山君は来訪して、「トミイウヰスキーの角瓶を一本取り出して、玄関[4]の式台の上に載せた。」など戦中の酒にまつわる回想を書く。―

「美男子と煙草」　初出『日本小説』昭和23年3月
初収本『桜桃』昭和23年　実業之日本社

―「上野の浮浪者」との写真撮影を依頼され、酔いの勢いで若い路上生活者と対面する。「三鷹[1]駅から省線で東京駅迄行き、それから市電に乗換え、」雑誌社の本社でウイスキイをご馳走になってでかけた。―☆

「眉山」　初出『小説新潮』昭和23年3月
初収本『桜桃』昭和23年　実業之日本社

文壇批判をする。大宮の仕事部屋で後半を脱稿した「人間失格」を、6月から『展望』に連載。6月13日夜半、「グッド・バイ」（未完絶筆）の草稿、遺書数通などを机辺に残し、山崎富栄と共に近くの玉川上水へ身を投じる。19日、遺体が発見される。21日、葬儀委員長、豊島与志雄、副委員長、井伏鱒二により、自宅にて告別式が行われる。7月、三鷹の禅林寺に葬られる。法名は「文綵院大猷治通居士」。

－「三鷹の僕[4]の家のすぐ近く[1]に、やはり若松屋というさかなやがあって、そこのおやじが昔から僕と飲み友達でもあり、また僕の家の者たちとも親しくして」いたが、彼の姉が新宿に若松屋という飲食店を開く。その店の若い女性が、小説家の連れてくる客は皆小説家だと思い込むことから話が展開する。－☆

「桜桃」

初出『世界』昭和23年5月
初収本『桜桃』昭和23年 実業之日本社

－「子供より親が大事」の名句で始まり終る作品。夫婦が幼い子供らに圧倒されながら「家族[4]全部三畳間に集まり、大にぎやか、大混雑の夕食」をとることが描かれる。「私」は「酒[1]を飲む場所へまっすぐに」行って、ぜいたくな桜桃をほおばる。－

「人間失格」

初出『展望』昭和23年6～8月
初収本『人間失格』昭和23年 筑摩書房

－「停車場のブリッジ」について言及があるが、太宰は実際に鉄道愛好家で、三鷹駅の陸橋（跨線橋）で撮影した写真（田村茂撮影昭和22年）がある。「俗天使」で予告した小説「人間失格」が、この作品となったのか。作中で回想される東京の「陋巷の聖母」にあたる女性像の数々には、三鷹時代に接した女性の面影も重なっている。終章の船橋町での「子供がもう三人もあるんだよ。きょうはそいつらのために買い出し」という言葉に戦後の三鷹での生活が反映している。－

「家庭の幸福」

初出『中央公論』昭和23年8月

初収本『桜桃』昭和23年 実業之日本社

―役所の就業時間が過ぎたために出産届けを受理されないまま「玉川上水[3]に飛び」込んだ女性の逸話と、「曰く、家庭の幸福は諸悪の本。」という末尾で知られる作品。当時、一家団らんの中心だったラジオをモチーフとして自身を戯画化し、「自分は親戚の者の手引きで三鷹[1]町の役場に勤める事になったのである。」「庭[4]の隅の鶏舎の白色レグホンが、卵を産む度に家中に歓声が挙がり」と書く。―☆

「グッド・バイ」

初出『朝日新聞』昭和23年6月21日（第一回）
『朝日評論』昭和23年7月（全文掲載）
初収本『人間失格』昭和23年 筑摩書房

―未完のユーモア小説で、複数の愛人と別れるために、すごい美人のかつぎ屋の女性に協力を頼む話。「新宿駅裏の闇市」が舞台であるが、当時三鷹にも闇市は存在し、彼女に「トンカツ」ほかの御馳走をふるまう「なじみの闇の料理屋」などは、三鷹の店がモデルではなかったかと推察されている。―

1949（昭和24）年

6月、禅林寺の森鷗外の墓近くに太宰治墓碑を建立。津島家により一周忌が営まれる。誕生日でもあった19日を、今官一が桜桃忌と命名する。以降、この日に多くの読者が墓前に集まるようになる。

太宰治　ゆかりの地と半生の述懐——金木から下曽我まで

三鷹に居を定めた太宰治は、東京で生活し始めてからを述懐する「東京八景」（昭和16年）を着想した。「戸塚の梅雨。本郷の黄昏。神田の祭礼。柏木の初雪。八丁堀の花火。芝の満月。天沼の蜩。銀座の稲妻。板橋脳病院のコスモス。荻窪の朝霧。武蔵野の夕陽。思い出の暗い花が、ぱらぱら躍って、整理は至難であった。……」と追想され、同時に「毎日、武蔵野の夕陽は、大きい。ぶるぶる煮えたぎって落ちている。」という現況の光景が描かれた。そして、長く住むことになる三鷹の街とそこでの生活は、数々の作品に書かれ続ける。

故郷については、回想だけではなく、そこを旅する自分自身を登場させた小説「津軽」を書いた。戦後には、疎開先の生家で「十五年間」（昭和21年）を書き、「二十五回の転居」、居住の遍歴としての半生の回顧をしている。

地名は、過去の事件をあらわすことがある。また、旅行は、取材や執筆という目的を持つことがあり、旅先も作中に登場し、文学誕生の地ともなる。

ゆかりの地は、いずれも創作に心血を注いだ太宰の軌跡に密接している。ライフワーク「人間失格」（昭和23年）も、地名や風土と街と人が次々に書かれ、過去への紀行としての小説になっているのである。

《主な居住地》

＊金木村［かなぎむら（現、五所川原市）］

明治42年6月～大正12年3月－生まれ育ち、中学進学時まで住む（以降もたびたび帰省して休暇を過ごした）

昭和19年5月～6月－小説「津軽」のための取材旅行で故郷をまわる

昭和20年7月～昭和21年11月－妻子と共に疎開生活をおくる

太宰治は、青森県北津軽郡金木村（現、五所川原市）に、

県内有数の素封家である津島家の第10子として生まれた。大家族のなかで、母タ子《タネ》が病弱だったため、叔母キヱを母親代わりとし、乳母や子守に育てられた。太宰が小学校へ上がるころには、叔母キヱは、当時の五所川原町のほうへ家を構えて住んだ。太宰が青森中学の受験準備をする頃に、貴族院議員在任中だった父源右衛門が亡くなる。

◇

生い立ちを小説化したのが「思い出」である。金木のことを書いた作品は、「兄たち」「帰去来」「故郷」など数多い。「作家の手帖」には、幼少のころに曲馬団のテントを覗く悪童のなかで自分だけ許されたことが無念だったという、民衆への憧れを書く。「津軽」では、「これという特徴もないが、どこやら都会ふうにちょっと気取った町である。」と書いている。「魚服記」の舞台、馬禿山は金木の山である。「庭」「嘘」「雀」「親友交歓」「親という二字」「やんぬる哉」は、疎開中に取材して書かれた。「雀こ」は、津軽言葉で書かれた小品である。「母」は近隣の鯵ヶ沢が舞台とされる。「人間失格」には、「自分は東北の田舎に生れましたので、汽車をはじめて見たのは、よほど大きくなってからでした。」と書いている。

＊青森市［あおもりし］

大正12年4月～昭和2年3月－青森中学校へ縁戚の家より通っていた

昭和19年5月～6月－「津軽」の取材旅行では夜行列車で青森に着き、帰りも青森駅から上野へ向かった

選民意識とコンプレックスに目覚めた多感な中学時代は、作家になることを夢想するようになった時期である。中学2年の終わりころ、『校友会誌』に「最後の太閤」を発表し、中学3年の夏には同人誌『星座』を、同じく11月には『蜃気楼』を創刊し、作品を発表した。中学4年の大正15年9月には、文治、圭治らの兄たちと共に『青んぼ』を創刊して2号までだす。

◇

青森のことを書いた作品には、「思い出」「おしゃれ童子」「津軽」がある。「トカトントン」も青森市を作中の舞台としている。戦後の混乱を扱った戯曲「冬の花火」は、「所」は「津軽地方のある部落」とされているが、青森市の「浪岡の駅はここから一里ちかくもある」と台詞のなかにある。同じく戯曲「春の枯葉」の「所」は、「津軽半島、海岸の僻村」とある。「人間失格」では、「……花吹雪の時には、花びらがおびただしく海に散り込み、海面を鏤めて漂い、波に乗せられ再び波打際に打ちかえされる、その桜の砂浜が、そのまま校庭として使用せられている東北の或る中学校」が回想されている。

＊弘前市［ひろさきし］

昭和2年4月〜昭和5年3月－弘前高等学校へ市内の親戚より通学

弘前高校へ入学した年の夏ころから義太夫を習い始め、秋ころからは青森の芸妓紅子（小山初代）のもとに通うような粋な生活を始める。昭和3年には、同人誌『細胞文芸』を創刊し、『猟騎兵』の同人となり、弘高新聞、校友会雑誌などに作品を発表した。校内の左翼の集まりだった新聞雑誌部員ともなった。芥川龍之介に傾倒した心理作品を書くと同時に、地主階級を暴くかのような「無間奈落」「地主一代」を書く。

◇

昭和5年に学校内の事件を扱った「学生群」を発表した。後には、弘前のことを、「葉」「猿面冠者」「逆行」「おしゃれ童子」「服装について」「チャンス」などで書いた。「津軽」では、高校生だったころにお洒落にこだわった思い出などを書き、「義太夫が、不思議にさかんなまちなのである。」という。弘前人には、「ほんものの馬鹿意地があって、負けても負けても強者にお辞儀をする事を知らず、自矜の孤高を固守して世のもの笑いになるという傾向があるようだ。」「反骨がある」といい、「私にもそんな仕末のわるい骨が一本」あると述べる。弘前を、津軽人気質の拠り所としているのである。「汝を愛し、汝を憎む。」という故郷に贈る言葉は、弘前を紹介したところに書いている。

＊東京市［とうきょうし（現、東京都）］

昭和5年4月〜東京帝国大学仏文科に入学するために上京、本郷区台町に止宿（現、文京区。当時の東京市内で転居を繰り返した後、杉並区など郊外に住むことになる）

大学に入学し東京暮らしを始めた太宰は、井伏鱒二に師事して作家をめざす。当初は、戸塚町（現、新宿区）に住む。故郷から小山初代を呼び寄せて所帯を持った。昭和5、6年頃は、共産党のシンパ活動のために、五反田（現、品川区）、京橋区新富町、八丁堀（現、中央区）ほか住居を転々とした。昭和7年、この運動から離脱してからは、芝区白金三光町（現、港区）の家で前期作品を書き始める。

◇

「ダス・ゲマイネ」（昭和10年）では、上野公園、日比谷、銀座、浅草などに集う若い芸術家たちを描いた。「一灯」（昭和15年）では、明仁皇太子が誕生した昭和8年12月23日を回想している。長兄文治に大学を卒業できそうにないことについて神田の宿で叱られたが、お祝の提燈行列につられて二人は銀座まで行き、長兄は群衆と共にバンザイをしたとある。「東京八景」では、初めて家を構えた「五反田は、阿呆の時代である。」と書く。「十五年間」には、「東京に出てみると、ネオンの森である。……あの頃の銀座、新宿のまあ賑い。絶望の乱舞である。遊ばなければ損だとばかりに眼つきをかえて酒をくらっている。」とある。太宰の学生時代の下宿に近い本郷区西片町（現、文京区）は、「斜陽」に「お池の端」に「あずまや」のあるお屋敷があった街として書かれる。その他、「人間失格」には上野桜木町、銀座、京橋、大久保、浅草、高円寺、「グッド・バイ」には新宿、世田ヶ谷ほか、登場人物の居住地・行動圏として東京のよく知られた地名の数々が作中にある。また、「人間失格」では、「さまざまの本を東京から取り寄せて黙って読んでいました」と少年時代の知的情報の豊かさを、首都東京との関わりで回想する。

＊杉並区［すぎなみく］

昭和8年2月～5月－井伏鱒二宅近く天沼3丁目（現、本天沼2丁目）へ移転

昭和8年5月～昭和10年4月－荻窪駅近く天沼1丁目（現、天沼3丁目）に転居する

昭和11年11月～昭和13年9月－船橋よりもどり、天沼などのアパートを転々とするが、最後の鎌滝家は井伏家と最も近い

師の井伏鱒二宅近くの東京郊外、杉並区天沼に移転し、この杉並で「田舎者」（随筆）「列車」「魚服記」「思い出」を発表し、太宰治という筆名を用い始めるようになる。だが、昭和10年、都新聞社の就職試験に失敗して縊死をはかる自殺未遂事件を起こす。盲腸炎にかかり、阿佐ヶ谷の篠原病院、世田谷区の経堂病院で手術・治療をするものの体調を崩していく。船橋での療養と、入退院の後、また杉並にもどるが、小山初代との関係にも破たんをきたし、離別する。平明な作風にいたった「満願」を昭和13年9月に発表し、再生を期してこの地を去る。井伏宅と阿佐ヶ谷会の集まりのある杉並は、その後の生涯においても重要な地であった。

◇

「彼は昔の彼ならず」（昭和9年）の「郊外の空気は、深くて、しかも軽いだろう？　人家もまばらである。」「見渡したところ、郊外の家の屋根屋根は、不揃いだと思わないか。」という光景は、天沼のことであろう。「東京八景」には、この時代に文学仲間と出した同人誌『青い花』（昭和9年）について、「たった一冊出て仲間は四散した。目的の無い異様な熱狂に呆れたのである」とある。「姥捨」には、「真昼の荻窪の駅」から水上に旅立つことが書かれた。「服装に就いて」では、気に入らない服装のまま「その友人と一緒に阿佐ヶ谷の街を歩き、私は、たまらない気持ち

であった。」と書く。戦後の「斜陽」では、「東京郊外、省線－荻窪駅北口」から「二十分くらい」のところに上原の家を設定し、「西荻のチドリ」というように三鷹の街がモデルと思われるところにも、若き日より親しんだ杉並区の地名とイメージを重ねている。

＊船橋町［ふなばしまち（現、船橋市）］

昭和10年7月～昭和11年10月－盲腸炎治療後の療養を兼ねて住んだ

盲腸炎の術後の治療のために入院した経堂病院から退院し、暖かい千葉県葛飾郡船橋町五日市本宿に1年4カ月ほど家を借りて住んだ。ここに住んでいたときに、「逆行」が芥川賞候補作となり、昭和11年6月に最初の創作集『晩年』を刊行し、「狂言の神」を書いた。しかしながら、大学を除籍されて中退し、強く望んでいた第三回芥川賞の選から外れるなどの苦渋を体験した時期でもあった。盲腸炎術後の治療に使ったパビナールの中毒に陥り、ついには板橋区茂呂町（現、小茂根江古駅近く）の東京武蔵野病院に入院させられ杉並にもどる。

◇

「東京八景」には、「船橋町」「海岸」に転地療養して「侘しさ」をこらえられず薬を使っているうちに、「気が付くと、私は陰惨な中毒患者になっていた。」とある。「めくら草紙」「喝采」「黄金風景」は、船橋町を作中の舞台としている。「十五年間」には、これまで住んだ「二十五箇所の中」では「私には千葉県船橋町の家が最も愛着が深かった。」と書く。「私はそこで、「ダス・ゲマイネ」というのや、また「虚構の春」などという作品を書いた。どうしてもその家から引き上げなければならなくなった日に、私は、たのむ！　もう一晩この家に寝かせて下さい、玄関の夾竹桃も僕が植えたのだ、庭の青桐も僕が植えたのだ、と或る人にたのんで手放しで泣いてしまったのを忘れていない。」という。「人間失格」の終章には、「私」が友人を訪ねて行った「船橋市は、泥海に臨んだかなり大きいまちであった。」「何か新鮮な海産物でも仕入れて私の家の者たちに食わせてやろうと思い、リュックサックを背負って船橋市へ出かけて行ったのである。」とある。

＊御坂峠・甲府市［みさかとうげ・こうふし］

昭和13年9月～昭和14年9月－御坂峠に滞在、翌年、甲府市に新居を持つ

昭和17年2月－甲府市外の湯村温泉明治屋で「正義と微笑」を書く。この春夏秋には、夫人の実家石原家に約10日間滞在して、「小さいアルバム」を書き、「右大臣実朝」執筆準備をする

昭和20年4月～7月－疎開するが空襲で夫人の実家は全焼した

作家としての再起をはかった太宰は、井伏鱒二のすすめもあり、住み慣れた天沼から離れて、山梨県南都留郡河口村御坂峠（現、富士河口湖町）の天下茶屋に止宿して作品を書こうとする。同時に甲府市に住む石原美知子と見合いをして結婚にいたる。そして作家として中期の安定期に入るのである。甲府市御崎町の新居では、「黄金風景」「女生徒」など平明な名作など数々の作品を書いた。甲府市水門町の石原家は、学者の家として珍しい本も多く所蔵し、太宰はたびたび滞在してそれら蔵書を参考にして書いた。

◇

「富士には月見草がよく似合う」の言葉で知られる「富嶽百景」は、山梨で見合いをしたことなどを元にして書かれた。新婚の生活をうかがわせるものには、「畜犬談」「美少女」などがある。山梨県内を舞台にした作品は、「I can speak」「新樹の言葉」「八十八夜」「服装に就いて」「律子と貞子」「カチカチ山」「黄村先生言行録」などである。疎開中に眼病にかかった子供と共に空襲にあったことは、「薄明」に書いている。「十五年間」には、「私のこれまでの生涯を追想して、幽かにでも休養のゆとりを感じた一時期は」「二百円ばかりの印税を貯金して誰とも逢わず、午後の四時頃から湯豆腐でお酒を悠々と飲んでいたあの頃である。」と甲府の家での生活について書いている。

＊三鷹村［みたかむら（現、三鷹市）］

昭和14年9月～昭和20年4月－三鷹村下連雀の借家に入居して創作に専念

昭和21年11月～昭和23年6月－疎開先の生家より自宅にもどり書き続けた

井伏鱒二を中心とする作家の集まり、阿佐ヶ谷会が開かれる場所からそう遠くない三鷹の畑の中の家に住み、作家生活も中盤をむかえた太宰は、「走れメロス」「女の決闘」「新ハムレット」などを次々に発表した。「駈込み訴え」など夫人が口述筆記することもあった。夫人との間には長女、長男、次女が生まれることになる。作家仲間に加えて、若い読者や文学青年が太宰を訪ねるようにもなった。大戦が勃発しても、「佳日」「惜別」「お伽草紙」「新釈諸国噺」など休むことなく書き続ける。戦後、疎開からもどってからは、来客を避けて三鷹駅付近に仕事部屋を借りて書くようになる。「斜陽」の元となる日記を提供した太田静子との間には、娘が生まれた。執筆依頼も増え、無頼派として注目を浴びたが健康を損なう。「人間失格」は、熱海市咲見町の起雲閣や大宮市大門町の知人宅でも執筆したが、三鷹駅近くの仕事部屋（山崎富栄の部屋）でも「第三の手記」前半を書いた。「人間失格」脱稿後、山崎富栄と共に自宅付近の玉川上水に入水し、三鷹は終焉の地となった。

◇

「鷗」「善蔵を思う」「東京八景」「風の便り」など、三鷹で執筆することの心境が作品化され、「誰」では、「三鷹の此の小さい家は、私の仕事場である。」と書く。「きりぎりす」では、町制が敷かれた三鷹の町をさりげなく取り入れ、夫を語る妻の独白を展開し始める。「乞食学生」には、「玉川上水は深くゆるゆると流れて、両岸の桜は、もう葉桜になっていて……」と上水沿いの光景を書く。「新郎」「十二月八日」「花吹雪」「禁酒の心」「作家の手帖」ほか、三鷹の街と自宅を中心とした生活は、大戦中にかけても次々に作品に書いた。「父」「メリイクリスマス」「おさん」「饗応夫人」「家庭の幸福」「桜桃」などは、戦後の三鷹と太宰の無頼な生活がうかがえる作品として知られている。同時に中央線沿線の立川（「女神」）、吉祥寺（「水仙」）、中野（「ヴィヨンの妻」）なども作中の舞台とする。太宰は自身と家族の生活の地である東京郊外の新興の田園の街、三鷹を、その時々に数10点もの作品に書いた。だが、三鷹や武蔵野、中央線沿線を集約して回想するような作品にはいたっていない。（本書「年表　三鷹があらわれた太宰作品一覧」参照）

《主な滞在地》

＊鎌倉町［かまくらまち（現、鎌倉市）］

昭和5年11月28日－鎌倉腰越事件と呼ばれる心中未遂を起こす

昭和10年3月16日頃－鶴岡八幡宮の裏山で縊死をはかるが未遂におわる

大学に入学した昭和5年11月、太宰は、神奈川県鎌倉町腰越町小動崎の神社近くの海岸（小動崎突端の畳岩という研究結果がある）で、女性と共に睡眠薬を飲んだ。女性は、銀座のカフェ・ホリウッドの女給、田辺あつみ（田部シメ子）で、助からなかった。太宰は、近くの七里ヶ浜恵風園療養所に収容されて12月初旬まで静養した。

今度こそは卒業すると言って生家から仕送りを続けてもらっていた太宰は、昭和10年には都新聞社の就職試験に失敗し、鎌倉二階堂で知人などに会った後に鶴岡八幡宮（鎌倉市雪ノ下）の裏山で縊死を図るが紐が切れて未遂に終わる。3月末、井伏鱒二、檀一雄、中村地平に付き添われて、長兄文治にあと一年の仕送りを願う。

◇

「道化の華」に、「袂ヶ浦で心中があった。一緒に身を投げた……」、「東京八景」に、「一緒に鎌倉の海へはいった。」、「人間失格」には「鎌倉の海に飛び込みました」と書いている。そのため、太宰自身の年譜に「江の島袖ヶ浦に投身」と誤記されたほどである。だが「袂ヶ浦」は虚構の地名であり、実際には薬物心中未遂で、投身はしていない。「虚構の春」にも「鎌倉の海に薬品を呑んで飛び込みました。」と書いている。「狂言の神」は、縊死未遂事件を元にして書かれた。「風の勁い日で、百人ほどの兵士が江の島へ通ずる橋のたもとに、むらがって坐り、ひとしく弁当をたべていた。」と鎌倉の光景をとらえている。「右大臣実朝」は、鎌倉右大臣と呼ばれ、鶴岡八幡宮で若くして殺害された実朝を描いている。『新釈諸国噺』の「裸川」も、鎌倉を流れる「滑川」を舞台としている。

＊沼津［ぬまづ（現、沼津市）］

昭和7年7月末－静岡県駿東郡静浦村志下に間借りし「思い出」起筆

昭和22年2月26日～3月7日－静岡県田方郡内浦村三津浜の安田屋旅館で「斜陽」起筆

沼津は執筆の地である。昭和7年、小山初代と共に、静浦村に約一月滞在して「思い出」を書き始める。昭和22年には、太田静子の日記ノートを入手した後に、三津浜の安田屋旅館で「斜陽」執筆に着手した。海にかこまれた伊豆半島を執筆の地として太宰は好んだ。（ほかには、熱海市咲見町の起雲閣に「人間失格」（「第二の手記」）執筆のために滞在した。）

＊三島町［みしままち（現、三島市）］

昭和9年8月－三島町広小路の酒店二階に滞在して「ロマネスク」を執筆

昭和14年6月－妻美知子とその母、妹を連れて三保、修善寺、三島を周遊

昭和9年には、長岡温泉から三島の知人の家に寄り、「ロマネスク」を書いた。昭和14年には、国民新聞の短編小説コンクール受賞（「黄金風景」）の賞金で、妻の実家の人々と三島などを旅行した。

◇

「満願」は、「ロマネスク」を書いた三島を舞台に、夫の薬をもらいに通院する若妻を描いた。「老ハイデルベルヒ」も、まだ学生だった頃に三島に滞在して、好評を得る作品「ロマネスク」を書いたことを回想する。「三島は取残された、美しい町であります。町中を水量たっぷりの澄んだ小川が、それこそ蜘蛛の巣のように縦横無尽に残る隈なく駈けめぐり、……」と書く。「遊び人が多い」「三島の思想」が自分の創作に与えたものは大きかったが、8年後（実際

は、約5年後に訪問している）には、知人もいなくなり、自分自身も変わってしまっていた。

＊水上村［みなかみむら（現、水上町）］

昭和11年8月7日〜月末－パビナール中毒の療養のため川久保屋に投宿

昭和12年3月下旬－谷川岳山麓で、小山初代とカルチモン服毒で心中未遂

昭和11年、太宰は、パビナール中毒の治療と療養を兼ねて、船橋より群馬県利根郡水上村字谷川の川久保屋（現、谷川温泉「たにがわ館」）に出かけた。止宿中に期待に反して第三回芥川賞の候補から外されたことを知る。そして「創世記」中の「山上通信」に、佐藤春夫が芥川賞を約束してくれた経緯を付記したことから、中毒の治療の必要を周囲に痛感させることとなる。

翌12年には、太宰の武蔵野病院入院中に過失を犯した小山初代と川久保屋に宿泊した後、水上にもどる途中の山麓で薬物心中をはかるが、両人とも無事であった。この後、初代との離別を決意する。

◇

「姥捨」は、水上村谷川の宿のことと、心中未遂事件、初代（作中ではかず枝）との別れを題材にして書かれた。水上に出発するにあたり、「白い夕立の降りかかる山、川、かなしく死ねるように思われた。」とある。後に書かれた「作家の手帖」には、「七、八年も昔の事であるが、私は上州の谷川温泉へ行き、その頃いろいろ苦しい事があって、その山上の温泉にもいたたまらず、山の麓の水上町へぼんやり歩いて降りて来て、橋を渡って町へはいると、町は七夕、赤、黄、緑の色紙が、竹の葉蔭にそよいでいて、ああ、みんなつつましく生きているると、一瞬、私も、よみがえった思いをした。」とある。

＊伊豆［いず（太宰が滞在した温泉は、現在の静岡県賀茂郡河津町湯ヶ野）］

昭和15年7月3日－「東京八景」を書くために湯ヶ野温泉に止宿する

太宰は、湯ヶ野温泉の旅館福田屋の二階に泊まり、「東京八景」を書いた。熱川温泉、谷津温泉などもまわり、美知子夫人が滞在費を持って迎えに来る7月12日までここに滞在した。この福田屋は、川端康成が大正7年に伊豆旅行をした時に宿泊し、大正15年に「伊豆の踊り子」を執筆した時にも滞在した旅館である。

◇

「東京八景」では、「伊豆の南、温泉が湧き出ているとい

うだけ」の山村は宿泊費も安いであろうという理由だけでここを滞在先に選んだという。作中では、Hと一緒だった東京での生活を様々に回想し、新たな結婚生活については「この家一つは何とかして守って行くつもりだ」と書く。若かりし頃の出来事の清算ということで、康成の「伊豆の踊り子」を意識しながら書いたとも言われている。

＊小泊村［こどまりむら（現、中泊町）］

昭和19年5月下旬－「津軽」の取材旅行のときに一泊した

「津軽」取材旅行では、各地を訪れ、旧知の人々に会い、生家や親戚の家にも立ち寄った。さらに太宰は、自分の子守だったタケが嫁に行った漁村、青森県北津軽郡小泊村に出かけ、再会をはたして彼女の家に泊まった。

◇

「津軽」の最後は、自分の幼い時の養育係だった子守の「たけ」に、小泊の運動会が開催されていた小学校の校庭で会う場面である。「たけ」を自分の育ての母として位置づけていることで、この作品はほのぼのとした暖かみを持った。「もう、何がどうなってもいいんだ、というような全く無憂無風の情態である。平和とは、こんな気持の事を言うのであろうか。」と「たけ」と再会したときの気持ちを述べている。漁港として栄えた小泊については、「いまでも、この村の築港だけは、村に不似合いなくらい立派である。」と書いている。

＊下曽我村［しもそがむら（現、小田原市）］

昭和19年1月13日－大雄山荘に太田静子を訪ねる
昭和22年2月21日～26日－静子の日記を借りるために大雄山荘に滞在

昭和19年、神奈川県足柄下郡下曽我村の大雄山荘に、太田静子を訪ねたのは、熱海の山王ホテルで「佳日」の映画化について打ち合わせをした帰り道であった。静子は、太宰の熱心な読者として既に三鷹の家を訪れたことがあった。戦後、疎開から帰京して後、太宰は静子の日記を借り受けて「斜陽」を書く。

◇

「斜陽」のなかで、かず子が母と共に住んだ山荘は伊豆長岡と書かれている。だが、実際には静子が住んだ下曽我駅近くの大雄山荘という屋敷がモデルであり、作中に「家は高台で見晴しがよく」「あたりは梅の名所」とあるように、実際に梅林が近くにある。（静岡県伊豆（現、伊豆の国市）の長岡温泉には、昭和22年2月に大雄山荘に行くときに執筆準備のために立ち寄った。）

「十二月八日」メモワール――「六升を九分する事にきめて、早速、瓶を集めて伊勢元に買いに行く」

「なんの作意も無い」かのような記録文学

「ひっそりしている。ああ、こんな小説が書きたい。こんな作品がいいのだ。なんの作意も無い。」「川幅は、こんなに狭いが、ひどく深く、流れの力も強い。」「人喰い川」（『乞食学生』昭和15年）とは、三鷹駅から少し先を流れる玉川上水について太宰治が書いたことである。当時、都心へ水を運んでいた玉川上水は、水量も多く、地元では子供たちに近づかないようにと教えていた。見た目には何でもない流れなのだが、底のほうの急流に絡めとられると命が危ない。そんな怖い流れに喩えられるような作品を、太宰は実際に書いたのだろうか。

「乞食学生」から二年たたずに発表された「十二月八日」（『婦人公論』昭和17年2月）は、どうだろうか。作家としての自意識とレトリックに疲れて、こんな素朴な記録文学の形態で小説を書いたかのようだ。「三鷹の奥」に住む小説家の妻の日記に仮託されて、叙事的に単純な文章と構造で綴られている。異例なことに、文学仲間が実名で登場しているし、「伊勢元」と配給の酒を買う酒店の屋号も書かれている。半年前に生まれた長女まで園子と実名で登場する。乳飲み子に授乳することで始まり、食事や訪問、買い物、来訪者、銭湯通い、燈火管制などが順次書き綴られていて、郊外に住む主婦の日誌そのものである。だが、そこに書かれた歴史的な大戦の勃発は、あまりに強い流れではある。

“夫を妻が語る小説”と美知子夫人

太宰が女性の語りで書いた小説、いわゆる女性独白体の作品は、周知されているように、16作を数えることができる。そして、そのような女性独白体の小説は、石原美知子と出会う前年の昭和12年から始まっているが、彼女を知って以降の中期作品からよく見られるようになる。美知子夫人は、高等女学校の地理と歴史の教員だった知識人であり、太宰の作品のよき読者であるほどの文学的素養を持ち、それに加えて家庭の婦人としての資質もあった。その人格が、太宰に家庭人や市井の生活人としてのものの見方を示唆し、彼の表現自体も安定させたのかと思わせる。

女性語りの作品のなかでも、〝夫を妻が語る〟形態の語り手には、美知子夫人の面影が混じる。「皮膚と心」「きりぎりす」「十二月八日」「ヴィヨンの妻」「おさん」の5作があり、なかでも「十二月八日」は、もっとも虚構が目立たない。作家が妻に語らせた私小説のような作品とでも言えようか。

文士徴用を健康上の理由で免れた小説家の大戦勃発の日の家庭が描かれていて、末尾近くには、「ゴホンゴホンと二つ、特徴のある咳をした」とある。実際の太宰の病気、肺浸潤までそれとなく書かれている。

語り手の「私」は、開戦の日をむかえて思いを新たにし、百年後の「紀元二千七百年の美しいお祝い」の時にむけて、歴史的に「大事な日」に「わが日本の主婦が、こんな生活をしていたという事」を日記に書く。人格が疑われるほど地理に疎く、どうでもいいようなことばかりをまじめに話題にするような主人には呆れるばかりである。ラジオから開戦ニュースが流れる日、国防対策や、市場での品不足や物価など、先々の生活には気がかりなことが多くある。戦時の生活に無頓着で、ただ勝利を信じているかのような夫の言動には、「本当に、呆れた主人であります。」と結ぶ。

〝妻を登場させる小説〟

美知子夫人がほぼそのまま登場する小説は、「十二月八日」以前には、「富嶽百景」（昭和14年）がある。昭和13年に見合いをして婚約したことが、小説化されている。ただし、「富嶽百景」は、女性ではなく、作者の語りで、未来の夫人が客観的に書かれている。昭和14年に結婚してからの太宰は、美知子夫人の面影を持つ〝妻を登場させる小説〟を書くようになる。例えば、「美少女」「蓄犬談」「春の盗賊」「善蔵を思う」「新郎」「故郷」「父」「桜桃」などには、「放蕩無頼」な夫に耐える妻の像があると言われている。

その他、「鷗」「俗天使」「失敗園」「東京八景」「服装に就いて」「恥」「禁酒の心」「故郷」「帰去来」「雪の夜の話」「津軽」「薄明」「親友交歓」「たずねびと」「フォスフォレッスセンス」「家庭の幸福」など、妻を登場させた作品は数多い。夫と妻が互いに甘え合いながら、家庭を築いている様子もある。良識家で母性的な夫人に、自分の在り方を問う「誰」「女神」などもあり、挙句には、「斜陽」で自分の分身としての夫人を、ほかの女性の語りでとらえているのは注目される。ひっそりと思慮深い夫人像もうかがえる。

……どうにも、いまいましいので、隣室で縫物をしている家の者に聞えるようにわざと大きい声で言ってみた。

「ひでえ野郎だ。」

「なんですか。」家の者はつられた。「今夜は、お帰りが早いようですね。」

「早いさ。もう、あんな奴らとは付き合う事が出来ねえ。ひでえ事を言いやがるんだ。伊村の奴がね、僕の事をサタンだなんて言いやがるんだ。なんだい、あいつは、もう二年もつづけて落第しているくせに。僕の事なんか言えた義理じゃないんだ。失敬だよ。」よそで殴られて、家へ帰って告げ口している弱虫の子供に似ているところがある。

「あなたが甘やかしてばかりいるからよ。」家の者は、たのしそうな口調で言った。「あなたはいつでも皆さんを甘やかして、いけなくしてしまうのです。」

「そうか。」意外な忠告である。「つまらん事を言ってはいけない。甘やかしているように見えるだろうが、僕には、ちゃんとした考えがあって、やっている事なんだ。そんな意見をお前から聞こうとは思わなかった。お前も、やっぱり僕をサタンだなんて思っているんじゃないのかね。」

「さあ、」ひっそりとなった。まじめに考えているようである。しばらく経って、「あなたはね、」

「ああ言ってくれ。なんでも言ってくれ。考えたとおりを言ってくれ。」私は畳の上に、ほとんど大の字にちかい形で寝ころがっていた。

「不精者よ。それだけは、たしかよ。」

「そうか。」あまり、よくなかった。けれどもサタンよりは、少しましなようである。「サタンでは無いわけだね。」

「でも、不精も程度が過ぎると悪魔みたいに見えて来ますよ。」

「誰」(昭和16年)

玄関の戸が内からあいて、細おもての古風な匂いのする、私より三つ四つ年上のような女のひとが、玄関の暗闇の中でちらと笑い、

「どちらさまでしょうか」

とたずねるその言葉の調子には、なんの悪意も警戒も無かった。

「いいえ、あのう」

けれども私は、自分の名を言いそびれてしまった。このひとにだけは、私の恋も、奇妙にうしろめたく思われ

た。おどおどと、ほとんど卑屈に、

「先生は？　いらっしゃいません？」

「はあ」

　と答えて、気の毒そうに私の顔を見て、

「でも、行く先は、たいてい、……」

「遠くへ？」

「いいえ」

　と、可笑しそうに片手をお口に当てられて、

「荻窪ですの。駅の前の、白石というおでんやさんへおいでになれば、たいてい、行く先がおわかりかと思います」

　私は飛び立つ思いで、

「あ、そうですか」

「あら、おはきものが」

　すすめられて私は、玄関の内へはいり、式台に坐らせてもらい、奥さまから、軽便鼻緒とでもいうのかしら、鼻緒の切れた時に手軽に繕うことの出来る革の仕掛紐をいただいて、下駄を直して、そのあいだに奥さまは、蠟燭をともして玄関に持って来て下さったりしながら、

「あいにく、電球が二つとも切れてしまいまして、このごろの電球は馬鹿高い上に切れ易くていけませんわね、主人がいると買ってもらえるんですけど、ゆうべも、おとといの晩も帰ってまいりませんので、私どもは、これで三晩、無一文の早寝ですのよ」

　などと、しんからのんきそうに笑っておっしゃる。

「斜陽」（昭和22年）

一日のことを書く小説

家庭の主婦の話題の範囲は限られていて、二言めには、主人のことに話が及ぶ。そんな凡庸とさえいえるような語りを、「十二月八日」は装っている。

　きょうの日記は特別に、ていねいに書いて置きましょう。昭和十六年の十二月八日には日本のまずしい家庭の主婦は、どんな一日を送ったか、ちょっと書いて置きましょう。もう百年ほど経って日本が紀元二千七百年の美しいお祝いをしている頃に、私の此の日記帳が、どこかの土蔵の隅から発見せられて、百年前の大事な日に、わが日本の主婦が、こんな生活をしていたという事がわかったら、すこしは歴史の参考になるかも知れない。だから文章はたいへん下手でも、嘘だけは書かないように気を付ける事だ。なにせ紀元二千七百年を考慮にいれて書かなければならぬのだから、たいへんだ。でも、あんまり固くならない事にしよう。主人の批評に依れば、私の手紙やら日記やらの文章は、ただ真面目なばかりで、

そうして感覚はひどく鈍いそうだ。

書き出しは、「男もすなる日記といふものを、女もしてみむとてするなり。」紀貫之「土佐日記」冒頭が暗に意識され、女流文学への啓発かと思わせる。近代作家は、何かにつけ古典に関心を向けたが、太宰もそういう一面があった。

日記文学を元に小説を模索していたことは、「一月二十二日。」と冒頭に書かれた随想「一日の労苦」(『新潮』「日記」欄　昭和13年1月)にみられる。「むかし、古事記の時代に在っては、作者はすべて、また、作中人物であった。そこに、なんのこだわりもなかった。日記は、そのまま小説であり、評論であり、詩であった。」とある。そして、古典を意識したり、離れたりしながら、どのような制約の下でも「浪曼的完成」をめざして書くと表明している。

女性独白体の作品のうち「女生徒」(昭和14年)は、若い女性のある期間の日記を元に、太宰独自の挿話などを差し挟みながら一日のことにまとめあげたものである。「十二月八日」でも、さまざまな出来事を一日に起きたこととして書いている。「主人」が「お友だちの伊馬さん」と百年後の二千七百年の読みについて話題にしたことだけが、「先日」の話として挿入されていて、ひとつの伏線と考えられる。「しちひゃく」なのか「ななひゃく」なのかを話し合い、「主人」は、その時になれば「ぬぬひゃく」とでもいう「全く別の読みかた」になっているのではないかと言ったことが、あまりに馬鹿らしいので「私は噴き出した。」とある。(注:神武天皇即位紀元二千六百年が、太平洋戦争勃発の前年昭和15年であった。壮大な式典・行事により「神国日本」が高揚されたが、この栄典が過ぎた途端に贅沢は敵となり倹約が奨励された。)

また、冒頭文に「嘘だけは書かない」とあるが、それ以降に「……私は、主人の書いた小説は読まない事にしているので、想像もつきません。あまり上手ではないようです。」とある。小説を読んでいないのに、上手ではないと評するのは諧謔である。自分自身を隠す〝韜晦〟を作者は決め込んでいる。誰をも傷つけないようにサービスする〝道化〟の精神でもある。夫人の語りを借りて作者の「センチメント」な〝饒舌体〟で膨らませ、日記(小説)を書くことを模索する小説にしている。つまり、「十二月八日」は、前期からの太宰文学の特徴をすっかり水面下に潜ませている作品である。

実際の美知子夫人の日記を伝える資料としては、次のようなものがある。

私は日記を付けていませんので、家の者の日記帳から、拾って左記いたします。

十一月二十一日　雨
　主人暗き中に起きて皆様を見送りに東京駅に出掛ける十一時お帰り。午後、鰭崎、池田、賀川、戸台の諸氏順々に来訪。夕方、主人外出せらる。

雨中銭湯に行き買物し、道悪く転びて難渋せり。町税1円、銀行に収む。

「日記抄」

（『國語文化』「特集日記文学研究」昭和17年1月）


引用された日記文にある「皆様」というのは、文士徴用で出発する井伏鱒二、中村地平らの作家のことで、太宰は見送りに行ったのだった。小説にもあるような銭湯通い、「町税1円」と大事な出費、当時は三鷹の道がぬかるんでいたことなどもある。だが、夫人の記述は簡潔で、出来事の詳細、時事的な感想などはない。日記のほかの部分については不詳である。

　太宰没後には、夫人は「宣戦の大詔」があった当時を次のように追想する。


　長女が生まれた昭和十六年（一九四一）の十二月八日に太平洋戦争が始まった。その朝、真珠湾奇襲のニュースを聞いて大多数の国民は、昭和のはじめから中国で一向はっきりしない○○事件とか○○事変というのが続いていて、じりじりする思いだったのが、これでカラリとした、解決の道がついた、と無知というか無邪気というか、そしてまたじつに気の短い愚かしい感想を抱いたのではないだろうか。その点では太宰も大衆の中の一人であったように思う。この日の感想を「天の岩戸開く」と表現した文壇の大家がいた。そして皆その名文句に感心していたのである。

「疎開前後」『回想の太宰治』

「太宰も大衆の中の一人であったように思う。」と、開戦にあたり「大多数の国民」が抱いた「愚かしい感想」を念頭にして、美知子夫人は見解する。かつては「言論国防体制」があり、文壇では時勢に対する知的協力が検討されたほどだった。『文學界』では、「近代の超克」の特集が昭和17年9月、10月に組まれたほか、古典復活や歴史と伝統がしきりに説かれた。だが、ルネッサンス以来の西欧文化を意味する「近代」の概念なくしては、欧米帝国主義に拮抗する文化を語れなかった矛盾もあり、盛んな意見が出ながら、空転した。だが、太宰は、そのような知識人の論議の陣頭にも出なかった。その意味において、（為政者や主唱者ではなく受動的な）大衆に近い立場だったとは、言えるであろう。

タイムカプセルのような短編

「十二月八日」を読み進めると、伊馬（春部）に続き、亀井（勝一郎）、今（官一）など在郷の文学者との交流が次々にでてきて、大学を繰り上げ卒業した堤（重久）や、入営と決まった若者なども挨拶にくる。あるいは、ラジオの戦況ニュースや市場や隣組の様子などがある。文庫本10余ページほどの作品ながら、時代と作家の日常をよく伝えている。

ここでは、特に食糧事情について実況される部分から着目して行きたい。

それから郵便局に行き、「新潮」の原稿料六十五円を受け取って、市場に行ってみた。相変らず、品が乏しい。やっぱり、また、烏賊と目刺を買うより他は無い。烏賊二はい、四十銭。目刺、二十銭。市場で、またラジオ。

目刺は、夫人が昼の食事にする場面がある。烏賊は、同じ日について夫側から書かれた「新郎」（『新潮』昭和17年1月）にもでてくる。「十二月八日」の続きにあたる、出版社から遅く帰り着いた「主人」の夕食の場面である。

食卓には、つくだ煮と、白菜のおしんこと、烏賊の煮付けと、それだけである。…（中略）…「お塩もこのごろお店に無いので。」家の者には、やっぱり自信が無い。浮かぬ顔をしている。　「新郎」

「十二月八日」中の小説家の「主人」と「新郎」における「私」は同一人物と考えられ、二作品は文体と構成は異なりながら呼応している。二つの作品にある「烏賊」は太宰の故郷青森の名産であり、実際に庶民の食材であった。ちなみに、先の引用中には、「新郎」を掲載する『新潮』の原稿料まで書かれている。

そのほか「十二月八日」には、「主人の田舎から林檎が」送られてきたのを、亀井宅へ持っていき、「お菓子」を頂いて帰るという、お裾分けをし合う交際の描写がある。また、隣組で管理する配給の酒に不足があることについては、酒好きの太宰にとっては一大事でもあり、冴えた描写である。

夕飯の仕度にとりかかっていたら、お隣りの奥さんがおいでになって、十二月の清酒の配給券が来ましたけど、隣組九軒で一升券六枚しか無い、どうしましょうという御相談であった。順番ではどうかしらとも思ったが、九軒みんな欲しいという事で、とうとう六升を九分する事にきめて、早速、瓶を集めて伊勢元に買いに行く。…（中略）…それからお隣りの組長さんの玄関で、酒の九等分がはじまった。九本の一升瓶をずらりと一列に並べて、よくよく分量を見較べ、同じ高さずつ分け合うのである。六升を九等分するのは、なかなか、むずかしい。

ちなみに、隣組については、「本当に、之からは、隣組長もたいへんでしょう。演習の時と違うのだから、いざ空襲という時などには、その指揮の責任は重大だ。」と書かれている。当時の国民は、近年の戦争は戦地でだけ行われるのではなく、本土への爆撃や空襲を伴うことを承知していた。「田舎に避難する」と疎開のことまで予測している。実際には、開戦時からの物不足は、大国と戦うのに心細いのは自明であるが、誰もそれを言えなかった。「こういう世に生れて生甲斐をさえ感ぜられる。」など「十二月八日」は、高揚した雰囲気のなかでの国民感情を書き留めている。「新郎」では、「明日のことを思い煩うな」と聖書の教えのような言葉もある。「買い溜などは、およしなさい。」と、当時の風潮にも忠告する。

そして「十二月八日」は、物資においても精神においても、「その日暮らし」の「日本のまずしい家庭の主婦」像を描き出そうとしている。

太宰は、「新郎」に登場する「佃煮」について、「十二月八日」でいう「まずしい」という言葉と共に既に書いたことがあった。

私は波の動くがままに、右にゆらり左にゆらり無力に漂う、あの、「群集」の中の一人に過ぎないのではなかろうか。そうして私はいま、なんだか、おそろしい速度の列車に乗せられているようだ。この列車は、どこに行くのか、私は知らない。まだ、教えられていないのだ。

…(中略)…

私は配給のまずしい弁当をひらいて、ぼそぼそたべる。佃煮わびしく、それでも一粒もあますところ無くたべて、九銭のバットを吸う。

「鷗」(昭和15年)

太宰は、非力な「群集」を体感しながら、戦時体制を庶民の食卓から見ている。実感から書く作家としての自覚がうかがえるが、時代の行方という教えられてないことについては、「知らない」のである。

「十二月八日」では、「大丈夫だから、やったんじゃないか。かならず勝ちます。」と主人は妻の不安を打ち消す。「新郎」では、「いま、僕たちがじっと我慢して居りさえすれば、日本は必ず成功するのだ。僕は信じているのだ。新聞に出ている大臣たちの言葉を、そのまま全部、そっくり信じているのだ。」と諭す。

だが、戦後には、指導者たちの信用ならなかったことを吐露する。ただ、「親が破産しかかって、せっぱつまり、見えすいたつらい嘘をついている時、子供がそれをすっぱ抜けるか。運命窮まると観じて黙って共に討死さ。」（「十五年間」昭和21年）という愛国の感情があったと釈明する。また、次のように書く。

私は市井の作家である。私の物語るところのものは、いつも私という小さな個人の歴史の範囲内にとどまる。之をもどかしがり、或いは怠惰と罵り、或いは卑俗と嘲笑するひともあるかも知れないが、しかし、後世に於いて、私たちのこの時代の思潮を探るに当り、所謂「歴史家」の書よりも、私たちのいつも書いているような一個人の片々たる生活描写のほうが、たよりになる場合があるかも知れない。

「苦悩の年鑑」（昭和21年）

小説家が書く「一個人の片々たる生活描写」がたよりになるというのは、「十二月八日」冒頭に「どこかの土蔵の隅から発見せられて、」「歴史の参考」になるかもしれないと書いたことと呼応している。

あまりに有名な故事だが、藤原定家は、日記（「名月記」）に「紅旗征伐吾が事に非ず」と書いた。時局に無関心な歌人の在り方とも、当時の朝廷の動向から外れている者の自嘲ともいわれている。

太宰が、『新釈諸国噺』（昭和20年）の凡例に書いた「日本の作家精神の伝統」とは、定家のように、時局とは関わりなく黙々と自分の表現をすることを言っていると考えられる。「個人の歴史の範囲内」で語るというもどかしいようなことも、この伝統のうちにある。太宰が書いたのは、長女が生まれた年に大戦勃発したという「個人の歴史」であったという読み方もできる。

「十二月八日」は、銭湯からの帰路、燈火管制で真の闇となった「独活の畑から杉林にさしかかる」道を歩くところで終わっている。生まれたばかりの子が「難儀」する時代の闇が暗に示されているとも読むことができる。

「園子が難儀していますよ。」

と私が言ったら、

「なあんだ。」と大きな声で言って、「お前たちには、信仰が無いから、こんな夜道にも難儀するのだ。僕には、信仰があるから、夜道もなお白昼の如しだね。ついて来い。」

と、どんどん先に立って歩きました。

どこまで正気なのか、本当に、呆れた主人であります。

書くことによって生じるアイロニー

「昭和十六年十二月八日之を記せり。この朝、英米と戦端ひらくの報を聞けり。」と付記した「新郎」を書いて在郷作家の務めを果たした太宰には、さらに婦人雑誌に書く課題があった。いつも自分の横顔を誰かに見せていたい太宰という作家の自己凝視のデーモンが、妻の語りを装って、自画像を描いてみれば、先行きを「知らない」まま、のほほんと「呆れた」存在だった。「不精者」で、アンニュイな「市井の作家」のまま歴史的な開戦を書いているのだ。

妻は、開戦に興奮していながら、ただ家庭の主婦として現実的な先行きを心配していて、それが、「日本は、本当に大丈夫でしょうか。」という問い掛けとなる。夫は、根拠なく「かならず勝ちます」と言う。本音や弱音が言えなかったという当時、あり得た問答であり、「時代の思潮」であったろう。

「主人の愛国心は、どうも極端すぎる」としか表現できないような心境で、開戦の日を記録するほか、百年後を意識して、作家としての内省と未来に問う実験作を書く目的をも「十二月八日」は掲げている。妻の聡明さをより強調して発言させ、原稿料や課税、食卓にあがる食材の価格から、酒の配給、ラジオニュースや家庭内での話題など、「片々たる生活描写」が集積されて、「大事な日」の「思潮」や国家体制が浮き彫りにされた。

社会体制や時勢は、書かれて客観視されることにより、内省をうながし、アイロニーを生じさせる。「十二月八日」の日記の最後の感想は、「どこまで正気なのか、本当に、呆れた主人であります。」である。約70年前の常識はそうではなかったが、今日、先進国であろうが途上国であろうが、過剰な国威高揚と武力抗争は愚行でしかない。後の我々は、末尾の一文の家庭の「主人」を、為政者や指導的な知識人や国民と置き換えて読まないわけにはいかない。

＊

太宰治生誕１００年を迎えた今日、あとほぼ30年で、皇紀二千七百年を迎えることになる。だが、世論によれば、二千六百年とは社会体制が異なるために、国を挙げての式典・行事が行われることはあり得ない。それどころか、二千七百年の頃には、「皇紀」の意味を知っている国民の激減が予測されている。だが、神武天皇即位「紀元」に加え「配給」の旧態を次世代に伝え、「歴史の参考」になる好教材、という「十二月八日」の仕掛けは見事にできている。ここに、太宰の道化をみるか、時の流れの洗礼を受ける近代文学もしくは国家体制へのアイロニーを感じるかは、読み手に委ねられているように思われる。もしも、30年後に消費税のパーセンテージが上がっていたとしたら、清酒九升を六分するという小説内容も、実感を伴って鑑賞されるかもしれないのである。

〈参考文献〉

『回想の太宰治』津島美知子　1978年　人文書房

『私論　太宰治』（『月見草』）浅田高明　1988年　文理閣

『太宰治という物語』（「女性独白体の発見」）東郷克美　2001年　筑摩書房

『桜桃とキリスト　もう一つの太宰治伝』（「美談」の韻律」「地上の国と天上の国」）長部日出雄　文藝春秋社　2002年

『太宰治の女房』芦田晋作　2005年　新生出版

「戦中・戦後の風俗と太宰文学」別所直樹『国文学　解釈と鑑賞』1969年5月

「戦時下の太宰治―「十二月八日」をめぐって」都築久義『太宰治研究8』2000年6月

「語る女たちに耳傾けて―太宰治・女性独白体の再検討」坪井秀人『國文學解釈と教材の研究』2002年12月

「津島美知子―小説の中の実像と虚像」相馬正一「戦時下の女性像―〈女声〉の動員」古川裕佳『国文学　解釈と鑑賞』2007年11月

「太宰治『斜陽』論―女性独白体の到達点」櫻田俊子『郷土作家研究会』34（青森県郷土作家研究会）2009年8月

Dioの会編　編集協力：品川洋子

あとがき

作家活動の中盤期、まだ新婚だったころに、太宰は甲府から東京郊外の三鷹に転居し、そこが終生の住み家となった。間に疎開や旅行はあったものの、作家生活のうちの大半をここで過ごした。故郷、金木町（現、五所川原市）の次に長く住んだことになる。と言っても、39歳を直前にして亡くなった太宰の作家活動は、約16年ほどだったため、昭和14年から死の年である昭和23年までの三鷹時代を顧みても、あっという間のように短く感じられる。

しかし、残された作品群をつぶさに読み調べていくと、これほどまでに自分が住んだ街を作品の中に書き留めた作家はまだほかにいないことに、改めて気づかされる。

三鷹の街は、周知のように太宰の言う「大戦争」を境に急激な変貌を遂げた。この激変する市井の有様を、太宰ははからずも街はずれの陋屋に鎮座して目撃したことになる。その軌跡を作品を通して追求したら、巧妙な虚構の背後から太宰文学の実像が浮かび上がってくるのではないか。

こうした問題意識を抱いてこの本を企画した。今年が太宰生誕100年という大きな節目に当ることから、活字はもちろん映画、テレビなどの映像で、さまざまな切り口から太宰の実像に迫ろうとする試みがなされた。しかし、作品に描かれた三鷹の街とそこに暮らす人たちに焦点を当てることで太宰の文学を解明しようという試みは、いまだなされていないようだ。

「三鷹があらわれた太宰治作品一覧」を見ていただければわかるように直接間接に三鷹に触れた作品は、数限りなくある。それら作品に貫流するテーマを、戦時体制下の陋巷で太宰が築こうとした「辻音楽師の王国」と、そこに生きる「陋巷のマリヤ」としての女性というふうに分類して、全文であるいは抜粋の形で紙幅の許す限り収録してみた。

第三章では、太宰文学と地域とのかかわりを概観し、三鷹という街の位置を浮かび上がらせることにも努めた。さらに三鷹と時代と街と生活が凝縮された短編「十二月八日」を、読み込む試みも加えた。これで、太宰作品に三鷹を読むことの案内を果たすことができれば幸いである。

Ｄｉｏの会代表　福嶋朝治

＊本書の収録作品と第三章で引用した太宰作品は、『太宰治全集』（筑摩書房）、新潮文庫及び〈青空文庫〉を参照して現代表記に調整した。執筆にあたっては主に次の文献を参照させていただいた。

『太宰治大事典』（志村有弘・渡部芳紀編）　勉誠出版　２００５年
『「阿佐ヶ谷会」文学アルバム』（青柳いづみこ・川本三郎監修）　幻戯書房　２００７年
『太宰治全集』巻13（「年譜」山内祥史編）　筑摩書房　２００８年

＊また、掲載文中に、今日の観点から不適切とみなされる表現が含まれるが、発表当時の時代背景や歴史的価値に鑑み、原文を尊重した。

三鷹という街を書く太宰治——陋屋の机に頬杖ついて

2009年11月20日初版第1刷発行

編集・発行　Dioの会（代表　福嶋朝治）
〒408-0044 山梨県北杜市小淵沢町2957-1
Tel&Fax. 0551-36-6052
URL：http://www.justmystage.com/home/dio/

発　売　株式会社はる書房
〒101-0051 東京都千代田区神田神保町1-44 駿河台ビル
Tel. 03-3293-8549/Fax. 03-3293-8558
振替　00110-6-33327
URL：http://www.harushobo.jp/

編集協力　㈱はる書房
落丁・乱丁本はお取替いたします。印刷　中央精版印刷／組版・デザイン　閏月社

ISBN978-4-89984-111-1 C1095